全民微阅读系列

不喜欢春天的女孩

孙智慧 著

江西高校出版社

图书在版编目(CIP)数据

不喜欢春天的女孩/孙智慧著. —南昌:江西高校出版社,2019.1

(全民微阅读系列)

ISBN 978-7-5493-7751-0

Ⅰ.①不… Ⅱ.①孙… Ⅲ.①小小说—小说集—中国—当代 Ⅳ.①I247.82

中国版本图书馆CIP数据核字(2018)第226516号

出版发行	江西高校出版社
社　　址	江西省南昌市洪都北大道96号
总编室电话	(0791)88504319
销售电话	(0791)88522516
网　　址	www.juacp.com
印　　刷	永清县晔盛亚胶印有限公司
经　　销	全国新华书店
开　　本	700mm×1000mm　1/16
印　　张	13.5
字　　数	180千字
版　　次	2019年1月第1版 2019年1月第1次印刷
书　　号	ISBN 978-7-5493-7751-0
定　　价	36.00元

赣版权登字-07-2018-1121

版权所有　侵权必究

图书若有印装问题,请随时向本社印制部(0791-88513257)退换

目录 / CONTENTS

李安全　　　/001
特殊任务　　　/003
不喜欢春天的女孩　　　/006
守护神　　　/008
名字里的志气　　　/011
青出于蓝　　　/013
黑板的黑　　　/016
爹是一个贼　　　/019
笨老师　　　/022
你愿做谁的儿子　　　/024
玉佛　　　/026
幸福是什么　　　/029
丫丫　　　/031
热心　　　/034
孺子牛　　　/037
门卫　　　/040
面子　　　/042
谁掉进了陷阱　　　/044
沉默的男人　　　/048
大哥　　　/051
酒为媒　　　/054
打药　　　/057
给你说个秘密　　　/059

绝戏　　/061

给人当爹不容易　　/064

拯救　　/068

说到做到　　/071

父亲的信　　/074

今天是你的生日　　/076

又见黄花菜　　/079

捉贼　　/081

请个记者来帮忙　　/083

第一课　　/085

跟钱有仇　　/088

局长减肥　　/090

笔名　　/093

好事送上门　　/096

村主任的"礼儿"　　/099

一只懂事儿的牛　　/102

萝卜白菜　　/105

二婶　　/107

结婚证风波　　/110

天公作美　　/112

村主任的阴谋　　/114

葡萄　　/117

妈妈像花儿一样　　/119

野酸枣　/122

学问　/124

伴儿　/126

君子报仇　/128

狗殇　/131

用心良苦　/133

感谢那一巴掌　/135

教育诗　/137

两个孩子　/139

谎言如诗　/142

一棵小树　/145

橡皮　/147

发表　/149

还钱　/151

绝画　/153

渴望成名的猴　/156

无心插柳　/158

你是一处风景　/160

我还用努力吗　/162

会生长的饭票　/164

父亲的卑微　/166

调解　/168

老皮　/170

神秘人在行动　　/173

我家的菜园子　　/175

养猪卖猪　　/177

大雨过后　　/179

失而复得的鞋　　/182

蜻蜓　/184

韭菜刘　　/186

蝎子　/189

救赎　/191

聊天这种病　　/193

五十斤小米　　/196

父亲的心愿　　/198

搬家轶事　　/200

民工抓贼　　/202

棋子　/204

送柿子　　/206

表哥　/208

李 安 全

李安全是我们班主任的绰号。因为常常挂在她嘴边的就两个字——"安全",被大家唤作李安全。她四十岁左右,长得矮矮胖胖,还黑黑的,但说话一直和和气气的,是民办教师转正过来的,她经常自嘲地说:"我水平不高,大家平平安安的就是我最大的幸福了。你们给我起的这个名字挺阳刚的。"因为她平易近人,我们都和她比较亲近。

安全教育始终是学校工作的重点之一。每逢学校例会结束,我们就能看到班主任李安全笑眯眯地走进教室,她先"咳"一声,把大家的注意力吸引过来,然后严肃地说:"强调几个重要的事儿,第一件先强调——"同学们异口同声地回答:"安全。"接着就是我们班的一个保留节目,一段经典对白:

李安全:"下雨天——"

她刚开头,我们就在底下喊:"防滑防摔!"

"天气炎热——"

"防中暑!"

"上下楼梯——"

"轻声慢步靠右行!"

……

最后,大家哄堂大笑。她也不生气,等大家笑够了,才补充一句:"安全可不是儿戏哦!特别是路远的同学回家时一定要结伴

而行,不像我就住在家门口。"说完,还故意摆出一副得意的神情。

去年五月十三号的下午,李安全老师一脸庄重地来到教室里,她语气凝咽着对大家说:"同学们,昨天,我国四川发生了罕见地震,破坏极其严重,严重摧残了人们的生命,这就要求我们必须了解一些防震的知识。"随后,她还给我们分发了几张防震的油印纸。这可是她自己花钱跑到网吧里下载给我们印的。她说有些灾难我们避免不了,但我们可以尽可能地减少损失。大家回去后一定要好好学习,必要时也要讲给父母听。

紧接着,李安全又给我们油印了许多防雷防火以及防电的知识,她让我们整理在一起,作为一份生活必备资料保存起来,让我们对安全有了更深层次的认知和理解。

日子像流水一样一天天过去。这天晚上上自习课,我们的历史老师让我们去看一部教育影片《林则徐禁烟》,学校里没有影片播放室,老师就借用了离学校不远的镇礼堂,那里的条件要好得多。我们也看得津津有味,哪知我们回去时,天不作美,下起了雨。历史老师组织我们按秩序排好队回学校去。"这还用说嘛,李安全早给我们讲过了,走马路要注意交通规则呗。"有嘴快的男生吼叫着。路不算远,可雨下得急,一眨眼的工夫就像千军万马奔驰而来。路上的车辆明显速度加快,一辆辆像箭一样向前方射去,溅起的泥水喷洒开来,稍不留意就溅我们一身泥浆。突然,有位女生尖叫着:"看!那儿有人被撞了!"大家一起朝手指的方向看,路的对面,昏黄的路灯下若隐若现有位矮个子被一辆三轮车撞翻了。几个男生要跑过去看个究竟,被老师制止了。这时,旁边超市里蹿出几个人,抬起地上的人,迅速拦了辆出租车往市里的方向奔去了。

回到学校,我们都成了落汤鸡,到宿舍里换了件衣服,不知怎么我们都想起了出车祸的那个人,不知那人怎么样了?看到这触目惊心的一幕,我们忽然很想念一个人,那个成天把安全挂在嘴边的人——李安全。

第二天,噩耗传来。李安全老师出事了。

据李安全的家人说,放学的时候,历史老师告诉她要去外边看电影,她就一直放心不下学生,担心学生路上出事。后来,又下起了雨,就不顾自己还发着烧吵着闹着非要去看看,刚出门就隐隐约约看到路对面自己的学生排成队正在过马路,可就在这时候,她发现一个小个子学生撑着伞跑过马路,而她的左侧,一辆黑色的轿车急驰而来。李安全一个箭步冲过去,那个学生得救了,她却倒下了……

泪水瞬间就模糊了我们的双眼。

从那时起,我们的老师还是经常提醒我们注意安全,只是说的时候,班上再也没有哄笑声,都是一脸肃穆。我想,一提到安全,大家的眼前一定都浮现出那个矮矮胖胖的、说话和和气气的身影,她的名字叫李安全。

特 殊 任 务

宁可来到荆隆乡供电所的第一天,心里就直打退堂鼓。这里群山环绕,没有小鳖盖爬了两个多小时才到这里。所里还都是女同志,多年来的巾帼文明岗,突然出现一个大老爷们,不,嘴唇上刚冒出胡茬苗的小男子汉，别提心里多别扭了。自己还是名牌大学毕业的呢。宁可想着想着，就开始在心里埋怨领导：领导让我到这儿向她们看齐，怎么看齐，也要学着蹲着尿尿吗？有机会一定离开这个破地方。

所长喜梅，长得"虎背熊腰"，倒有几分像个壮汉。她似乎看出了宁可的心思，打趣道：小家伙，有心思了？没事，现在幼儿园都提倡男教师，你在我们女人堆里，可是个宝贝哩，我们会好好保护你，珍惜你的。听听，这话让宁可的脸一下成了红布。喜梅所长还说：我们这儿有个优势，你相中那个，我给你说说。

接下来的日子，平淡而琐碎。不过，没几天，宁可就感觉到成就感了。那天，他们到一户人家抄表，刚把梯子支好，宁可还没爬上去，斜刺里突然蹿出一条大狼狗，扶梯子的小霞"妈呀"一声就跑。宁可不知从哪儿涌上来一股英雄气概，从梯子上蹦下来，三步并成两步朝狗扑过去，一脚踹在狗的腹部，狗"嗷"地叫了一声，掉头跑开了。小霞喘着粗气扑到宁可肩上，说：吓死我了，让我找个宽厚的肩膀靠靠。

回到所里，听了大家的汇报，喜梅所长专门召开了临时会议，对宁可进行了表扬，说宁可在巾帼文明岗，可没给我们丢脸，是我们的主心骨呢。宁可心里却在犯嘀咕，那次踩到狗屎你怎么不说呢？

山区没什么娱乐活动，为打发闲暇时光，宁可开始学习业务，把学校学习的知识运用到实践中去。没过多久，宁可就学会了办理报装业务，开始义务为用户装表接线、维修家用电器，成了业务骨干。大家开始争先恐后地给宁可说媳妇，这个说我姑姑家的女儿名牌大学毕业，长得漂亮大方，那个说我哥的小女儿在名企上班，光月工资就五千多……宁可见了几个，却没一个中意他。也难怪，在山区工作，又经常在女人堆里"混"的男人，能有什么前途和德行呢。

这天，喜梅所长一到所里，就找到宁可说，宁可，姐给你布置一个特殊任务吧。宁可说，姐，有事尽管吩咐。喜梅所长变戏法似的从身后拿出一人模型，一个漂亮的女人头，头上是茂密的头发。喜梅的脸一下严肃起来，说，限你三天时间，学会梳头，编辫子。宁可拿着模型，看着喜梅所长远去的身影，心一下子凉了：我是个男的啊。

经过了解，宁可才明白，原来，城西供电站组建了一个志愿服务队，在周末到敬老院给老人上门梳头，拆洗被褥。明天就是周末，可所里因为有人请假，女同志就缺少一位，宁可不得不顶上去。宁可摸摸自己的平头，从没拿过木梳的手开始在模型上摸索。最不容易的是编辫子，理顺了头发，用皮筋去绷紧头发时，一下子就散开来，往复了多次，才稍稍好了一点。后来，他干脆跑到城里的理发店，花十元钱自己理了发，然后就央求他们教他编辫子，把店里几个年轻女服务员笑得直喊肚子疼。

终于学会了梳头，编辫子。

敬老院里，宁可小心翼翼地为一位老人梳头。老人和孙女相依为命，孙女在外地上大学，孤苦伶仃的老人就搬到这里，与一帮老姐妹做伴。还别说，宁可的手艺很快就获得了好评。几个老人争着要宁可服务呢。

转眼间，到了年底，日子开始忙碌起来。这天，宁可刚坐下，就听外面有人叫，宁可在里面吗？宁可走到院子里，看到一位漂亮的女孩，亭亭玉立。没等宁可说话，女孩就说，我听我奶奶说，有位男的给她梳头，就好奇来看一下。宁可一下子臊得想找个地缝钻进去。

第二天,女孩让喜梅所长交给宁可一个字条。宁可展开来,只见上面写着:克服艰难险阻,也要做好工作;宁可自己受到委屈,也要成全别人。

后来,大家就看到女孩和宁可不断见面,话也多起来。

再后来,局里要调宁可到局里工作,领导说,山区条件差,再说在女人堆里待久了,怕不好找媳妇哩。

喜梅所长找宁可谈话,宁可的头摇得像拨浪鼓。

喜梅所长笑了,笑过后说,宁可,那次让你去敬老院,是我故意的,故意让你的一位大姐请了假。

喜梅所长又说,我知道那位老人有个孙女,在大地方待多了,思想开放,跟你才般配。扎根乡村,就是为我们的电力事业做贡献。

几年后,宁可成了全市唯一一个巾帼文明岗的男所长。

不喜欢春天的女孩

那天,蔡老师上课,讲一篇叫作《春天》的短文,蔡老师讲到动情处,还即兴朗读了其中一段优美的句子:春天,你像一位妩媚的姑娘,摇着纤细的腰身向我们走来;春天,你像一位活泼可爱的小孩儿,蹦蹦跳跳传递着生动健康的讯息……

把短文讲完,蔡老师意犹未尽。蔡老师说:"大家思考两分钟,一会儿谈一下自己对春天的感受,好不好?"两分钟后,一只只小手举得高高的,争先恐后地回答起来。答案真是五花八门,让蔡老师兴奋不已。什么"春暖花开,大地一片繁荣""柳枝摆动,和着风的韵律跳起一支支迷人的舞蹈"等等,等大家讲完,蔡老师一眼瞥见角落里的小英却沉默不语。

蔡老师见状,就示意大家安静,问小英:"你对春天有什么感想?"小英站起身,向周围望了望,嗫嚅着说:"我不喜欢春天。""哈哈",课堂上立刻爆发出一阵哄笑。蔡老师严肃地问:"为什么呢?"小英嘟着嘴,却没了声音。

蔡老师有些愠怒,这么小的年纪怎能不喜欢欣欣向荣的春天呢?她在想什么呢?"你把自己的理由说一下,为什么不喜欢春天?"蔡蔡老师追问着。小英依旧不吱声,脸上却爬满了泪。最后,这节课不欢而散。

回到办公室,蔡老师还是有些余怒未消。想起小英噙着泪的神情,蔡老师觉得要把这个问题弄明白。蔡老师把小英叫到办公室,强压怒气问:"现在就你我两人,你跟老师说说,要说心里话,为什么不喜欢春天呢?"

小英看了看慈祥的蔡老师,"哇"地哭了起来,边哭边说:"我爸爸妈妈都到外面打工去了,只有等到冬天才能回来,春天就要出去,所以,我最讨厌春天。"

蔡老师一怔,接着就紧紧地抱住了小英。小英是位留守儿童。自己怎么就没有设身处地地站在学生的角度去思考问题呢?

蔡老师一阵内疚,把小英抱得更紧了。

守 护 神

　　常明中学是豫北地区一所新建的最大的乡村中学。新来的刘校长鼻梁上架着一副金边眼镜,文质彬彬,显得很有涵养。新组建的领导班子意气风发,个个摩拳擦掌要做出一番大事业。他们在教师会上表态说,要与城里几所名校一争高低。

　　这天,胡老师在校门口值班,他很认真地登记着来客的情况,正埋头写着什么,有人急匆匆地闯了进来。胡老师抬头一看,额头就拧成了疙瘩。进来的这个人穿得邋里邋遢,嘴巴上还挂着两条鼻涕,嘴里咿咿呀呀地嘟囔着什么。胡老师赶紧走上前拦住他,问:"你找谁?"

　　来人瞅瞅胡老师,足有一分钟,把胡老师瞅得心里直发毛。他下意识地摸了摸脸,怕脸上黏上什么脏东西。"我找校长。"来人终于开了口。

　　"你认识我们校长吗?"胡老师的脑子飞快地转动,想找寻出一些蛛丝马迹。

　　"校长是我儿子!"来人大大咧咧,趾高气扬的样子。

　　这个回答把胡老师唬了一大跳。我们的校长会有这样一个父亲?!校长的父亲好像也是在某个单位供职吧。胡老师似信非信,怀疑地打量着面前的这个人。

　　来人又说:"我是来给我儿子把门的,别让坏人钻了空子,会害了我儿子。"

胡老师听出来人话里有话，就问："什么坏人呀？"

来人瞪起了小眼，声若洪钟地说："你不知道吗？有人给我儿子送礼，盖成违章建筑，出了事，我儿子才免了职。"

胡老师一听，这哪跟哪呀。我们学校是新建的，这人怕是走错学校了吧？胡老师想到这儿，就要撵他走。

来人挺倔，站在那儿像棵松树，纹丝不动，嘴里直喊："我给我儿子守大门呢！"

吵吵嚷嚷中，引来了校长和政体处赵主任。赵主任是常明镇人，他一眼看见来人，连忙对校长说："这人是个疯子，是气疯的，就是咱镇里边的老校长赵明的父亲。"

赵明是当地的名人，原来常明镇有所初中，因为盖的楼房是危房，楼梯出现问题，造成几名学生丢了性命，校长被撤了职，后来查出来，是受了贿，被关了进去。来人就是赵明的父亲，受了刺激发了疯，整天就只念叨要给儿子守好门。

听完赵主任的介绍，刘校长说："他想在这里，就让他待着吧。"

从此，这个"疯子"就整天待在门口，有时来个人，他能上前盘问半天："是不是来送礼的？该不会是想承包工程吧？"经常把来人弄得哭笑不得。

"疯子"星期天也不休息，一晃几个月过去，他没误过一天，真正做到了风雨无阻。有时，有人见他咳嗽，就对他说："歇歇吧。"他把脖子一梗："我得给儿子把好门呢！"

学校还有一些后续工程没有完工。有的工程还得招标，节假日里建筑商就追到学校里找校长，手上当然不会空着，但都被"疯子"挡了回去。

一次，有人拎了一个袋子来了，"疯子"从袋子里摸出两瓶茅

台,随手扔在一处草丛里。来人就生气,张口要骂,"疯子"说:"我得给儿子把好门呢。"来人就噤了声,无可奈何地往回走。

又有一次,有人夹着皮包来了。他照例要检查,从里面一下掏出厚厚的一沓钞票,随手一扬,花般飘落一地。来人只好悻悻地离开。

这种事多了,谁都知道学校里有个"疯子"。当然,市局领导也知道了,并且不少人还吃过他的闭门羹。有人就给校长建议,撤掉那个看门的,影响形象。校长就耐心地给对方讲"疯子"的身世,讲着讲着,校长脸上就写满了感激。对方听了,就默不作声,再不提撤换"疯子"的事。

后来有一天,"疯子"没有来。第二天,仍然没来。校长说:"学校好像少了什么似的。"老师们也说:"是啊,好像少了很多。"

终于,噩耗传来,"疯子"走了。走了,我们这儿把死了叫走了。

埋葬"疯子"的前一天,校长和学校的全体教师专程赶过去给他开了个小型追悼会。最后,校长在悼词中充满深情地念道:"他是我们学校的守护神,是我们学校最尊贵的客人,好心的客人,请你留下来吧……"

好多老师都说,那天,校长哭了,并且还说,他们第一次见到刘校长泪眼迷蒙的样子。

名字里的志气

新学期的第一课,石蕊老师突发奇想,决定举行一场别开生面的师生见面会,让学生来个自我介绍。

话音未落,早有一双双小手高高举起,争先恐后像鸡争食。

一个胖乎乎的小男孩跃入石老师的眼帘,石老师示意他站起来。"我叫林正孝,孝是孝顺的孝,实际上我的名字可不是这个意思,我爸说了,应该是校长的校字,我爷爷是咱学校的副校长,他一心要我做正校长哩。"

林正孝刚坐下,旁边有位同学早急不可耐了,嘴里直呼"老师、老师"。

石老师点点头。"我叫李正举,举手的举,其实也不是这个意思,而是局长的局,我爸做副局长好多年了,他一直望子成龙,盼着我长大后比他强,能当上正局长呢。"李正举很健谈。

石老师看看讲桌上放着的座次表,还有一位叫正先的孩子呢。果然,当石老师的目光和他相遇时,小胖脸一扬,把手高高地举过了头顶。石老师朝他挥挥手。他一脸的自信站起来说:"我将来要当正县长的。"

石老师决定变换一下方式,按座次的顺序做自我介绍。

第一位是个女生。她声音怯怯地说:"我的名字不好听,我叫郑经济,像个男孩子的名字。不过,我爸说了他想让我长大了做个女强人,做个企业家,挣大钱住高楼。"她的话音一落,教室里就爆发出一阵笑声,像阵风哗啦啦地掠过水面。

紧接着站起来的是位男生,小脑袋扬得高高的,像头趾高气扬的小鹿。他说:"我叫赵发财,我父母整天做梦,都说我将来肯定能发财,如果哪一天我发了财,我一定会给我父母买幢别墅,也给老师送辆车。"一席话把石老师也逗笑了。听他说话的口气好像真的中了500万元彩票一样。

第三位站出来的也是位男生。"我叫王力融。"听到这儿,石老师松了一口气,总算碰上一个和钱没关系的啦。"我叫王力融,致力于金融事业的意思,我爸爸说,将来我一定能成为一名金融巨头,做老大,让大家都听我的话!"

石老师的脑子里一下变得空空的,她扫视一下全班,发现在一个角落里有位男生,低垂着头,好像有满腹心事似的。石老师示意大家安静,让这位同学做一下自我介绍。

站起来的男生的小脸涨得像只西红柿,嘴里磕磕巴巴,半天也没说出一句话。石老师注意到这位学生身上穿得要比其他学生寒酸一些,脸上的神情也极不自然。石老师鼓励他说:"不要怕,让老师和同学们都认识一下你,说心里话。"

"我叫周正民。"石老师心里一咯噔,该不会和那几位都是"正字辈"的吧?

"我爹说了,让我做个正儿八经的农民,能够自食其力,不用看别人的眼色,饿不着就行。我爹是民工,整天风里来雨里去,在城里给有钱人盖高楼大厦,说不定哪天就从楼上摔下来了,有时连工钱也讨不上……"

教室里出现了短暂的沉默,沉默中,一种异样的感情袭上石老师的心头,她哽咽地说:"同学们,职业没有贵贱高低之分,只有分工不同,志不在大小,哪怕做个最好的农民也是光荣的。让我们为这位同学鼓鼓掌好不好?"刹那间,小手掌挥舞着,掌声响彻一片。

这时,下课铃响了,石老师回到办公室,脑子里却满是乡下父母劳作的身影。

刚坐下,石老师的男朋友打来了电话:"我爸没当上正局长,你调工作的事还得再缓缓,你别生气啊,我爸还是副局长,迟早会把你的工作弄好。"

石老师突然变得十分平静,她坚定地说:"不用了,我想一辈子做老师。"

青 出 于 蓝

李雷这孩子!见过这孩子的人都忍不住摇头叹息。毫无疑问,这是个让老师们伤脑筋的孩子。

这天,李雷的数学老师走进教室,从腋下掏出一沓试卷,正要发放。邻班的数学老师黎磊风风火火地闯了进来,言语有些激动:"刘老师,你把试卷都拿走了,我班少了一些,你赶快给我几份。"班上的同学都惊愕地盯着这位邻班的老师。李雷看在眼里,嘴角掠过一丝冷笑,一个主意在心里固执地生根发芽了。

下午,学校里就像煮沸了的水,一个消息沸沸扬扬地传开了。黎磊老师的电动车车胎被人扎破了,外带被尖锐的刀子戳穿了,像开了膛的肚子"惨不忍睹"。这个"案件"立即就被学校高度重视,这可是学校从未有过之事呀,表面上如湖水般平静的校园里隐隐有了紧张的气氛。特别是李雷心里开始忐忑不安,后来见风平浪静才稍稍定了神,就在他得意扬扬之时,被班主任揪了过去。出现了"叛徒"！与他同谋的一个"案犯"禁不住老师的软硬兼施招供了。李雷干脆一不做二不休,"大义凛然"地承认了事是他做的。其实,理由很简单,他就是要给自己的数学老师"报仇",他说黎磊老师惹他的数学老师生气了,他打抱不平。当学校把这事向受害人黎磊老师反映并征求他的意见时,黎磊老师笑笑。很久以来脸上的阴郁一扫而光,这事竟不了了之了。

李雷升入八年级,学生都被打乱了,重新编班。当李雷被一位老师带进八三班的时候,脑子"嗡"了一声,哎呀,真是冤家路窄,与他同名的,曾经有过"深仇大恨"的黎磊老师成了他的新班主任。

黎磊老师似乎早已淡忘了那件事。刚入班的李雷表现出了前所未有的听话,认真听课,认真做作业,两个月过去了,竟没有做出任何"越轨"之事。

阴历十月初一,是梁家村大集的日子。这天,来自方圆几十里的赶集人蜂拥而至,热闹非凡。这天下午第一节上生物课,当胡老师踏着轻快的步伐走进教室,却被眼前的情景惊呆了。五十多位同学的教室里"满目疮痍",生生缺了近二十位学生。她生气地把课本朝桌子上狠狠地一掼,一场"地震"就要发生。闻讯而来的班主任黎磊老师跑来,也是吃了一惊,一问,原来是李雷率领这些人马"杀"向集市里去了。黎磊老师的嘴唇哆嗦了一下,就转身去了办公室。他决定做的第一件事就是通知家长,这可怎么得了,出了事谁负责？他要严厉地要求家长在第一时间到集上去,去把他们的小孩抓回来。他拨通了第一个号码,没人接,又拨通了第二个号码,"嘟嘟"了半天,还是没人接。黎磊老师这时反而冷静下来,把他们都叫来也不能解决问题呀,这些孩子说不定都是家里的"小皇帝",家长来了也无济于事。等等吧,孩子们来了再说。

第三节课,这些孩子被一些家长"押"来了。原来有的家长也去赶集,发现了自己的孩子,就把这些孩子统统地带来了,学生进了教室,家长们却被黎老师引到办公室。后来,竟没有下文。

李雷这次有些害怕,一直惴惴不安地等待着老师的惩罚、家长的责骂。一等就等了两个月。一个学期眨眼即过,李雷在这位"懦弱"的班主任手中安全地度过了一个学期。"懦弱"是李雷对黎磊老师的评价。

这次李雷考得还不错。他拿到班主任给写的学期鉴定,洋洋洒洒的一大页,都超出了通知书上的格子。上面是黎磊老师漂亮的钢笔字:亲爱的李雷同学。看到这个开头,李雷觉得挺别扭,还没有老师这样称呼过他呢。他接着往下看:

咱俩注定是有缘人哩,名字念法相同,也是不打不相识,去年我的电动车被破坏的案件告破后,我就记住了你。瘦瘦的身材,脸上写着同龄人少有的刚毅,你是个敢做敢当的学生,勇于承担责任,也是个有义气的学生,就是爱憎分明得有点过火了。你是个求上进的学生,我注意到那件事后,特别是你升入八年级后,努力学习,成绩有了明显进步。我以为你要如此下去,一定会成长为一名学习尖子,可不料中途,你又给我出了一个难题,带领班上的学生集体逃课,当时好多老师建议我发动你的家长把你带走,我进行了冷处理,不声不响地淡化了那件事,因为我感觉你会从中吸取教训,把自己的心管住。果然,你没让我失望,除了这次你的"光辉历史"以外,你表现得还不错,成绩也进了一大步。祝贺你。

说句实话,你的这些行为我不认为是什么出格的事。我与你年纪差不多的时候,和你一样调皮,而你的成绩却大大超过了当时的我,你这是青出于蓝呢。愿你在今后的学习中百尺竿头更进一步。

李雷看着这些评语,看到"青出于蓝"几个字,突然眼前浮现出黎老师的身影,产生了一种莫名的亲切感,心里一股豪情油然生出:与我同名的敬爱的班主任,你看着吧,下学期我会管住自己,我的成绩定会让你刮目相看的。

黑 板 的 黑

当初,魏老师的那堂课真是笑翻了一群人。这群人是来听课的,这节课对魏老师来说是决定命运的一节课,可想而知,魏老师在课前做了怎样精心的准备,无奈百密一疏,还是出了岔子。魏老师教的是拼音,他很认真地教学生念几个词的拼音,念到"黑板"时,他竟然还把声音提高了八度,十分认真地读道:"黑板"的"黑"。他把第二个"黑"的音读成了"hē",因为这个"黑"字在我们方言里就念"hē",整个念成了"hēi bǎn de hē"。魏老师特别清晰的声音,加上万分庄重的表情让全场的听课老师笑得捂着嘴直喊肚子疼。当下,魏老师就意识到了自己的错误,脸一下成了猪肝色,恨不得找个地缝钻进去。最后,给魏老师评分时,几个人一致评了不合格,魏老师想从民办转正的梦想再次破灭。

事后,年轻的刘校长极力安慰魏老师,说以后还有机会的,你们民办老师的问题,国家一定会妥善处理的。说完,自己想起了课堂上的那一幕,也差点笑出声来。

魏老师脸色惨白,心里内疚不已,羞愧地说,我怕耽误学生……刘校长接过话茬说,我们农村教师紧张,缺了你不行啊,你不能太往心里去,还得坚守岗位。

让魏老师想不到的是,第二年,国家实行考试,考过了直接转正。怎奈魏老师水平实在有些低没有过关,本来魏老师就是出工受了伤村里照顾才进的学校。第三年,据说拿些钱可以买成正式的,可魏老师一人承担着家里几口人的开支,只好叹息放弃了。第四年,文件上讲,当地只剩下少量民办教师,都可以直接转正。这下才雨过天晴,魏老师高兴得像个孩子似的。大家都打趣说,你看,迟饭是好饭哩。魏老师也像年轻了十岁,每天抢着干学校里的事。

然而,好景不长,大学生蜂拥而至,全县的教师严重超员,年过五十五就得退休。魏老师正好够线,只好恋恋不舍地回了家。学校注入了新鲜血液,各项工作都变得正规起来。有了专门的教导处,后勤部、团支部等,各司其职,各负其责。

各部门的目标都明确了,工作反而做不好了。学校草坪里的草长荒了没人管,厕所里的粪流到了外面,恶臭扑鼻。后勤部的那些小青年都是托关系进来的,拿工资不干事儿。他们嫌脏,这些地方就成了学校里引人注目的"景观",刘校长也多次被上级领导批评。也是,"文明不文明,关键看卫生"嘛,更何况是个学校?

因为学校的资金太紧张了,刘校长就想找些以前的老同志来。他想来想去,眼前就浮现出魏老师那天难舍的神情来。一个电话打过去,魏老师爽快地应承下来。十分钟不到,魏老师就风风火火地赶了来，我们一见他，都大吃一惊，两年不见，他的头发一下子白了大半，腰也佝偻了，与从前判若两人。我们问他："你赖着不退休，谁也不会赶你，你看又提了工资，你可吃亏了。"没想到老魏涨红了脸："我教不好，可也拿着国家的工资哩。"他大概又想到了那个"黑板的黑"，脸上的窘态又显现出来，让人不忍卒看。

魏老师马上就进入了角色，把家里的镰刀拿来了，把草平平整整地剪掉，整整齐齐地码在过道上，走的时候，又把它们放在一辆手推车上拉走，校园里顿时清清爽爽的。臭烘烘的厕所被魏老师不知从哪儿弄来的煤渣铺陈得干干净净，溢出来的粪便被他拉走了。他说要送到地里浇菜，后来我们才知道，他家里早没地了，他出钱让人家又拉走了，以前粪便可以卖钱，现在让人白拉都没人要。

有了魏老师，学校的面貌焕然一新，让刘校长欣喜不已。魏老师有事没事就往学校里跑，碰上什么事就伸把手，好像身上有使不完的劲儿。人竟然看着也年轻了。刘校长偶尔对魏老师开玩笑：现在像你这样的人可不多了呀，我可没工钱给你啊。魏老师脸一红，嗫嚅着说，我连个黑字都念不好，我欠学生的太多了。

刘校长正色道：魏老师，你教过的学生里现在有的当了镇长，有的当了局长，除了知识，你教给他们的东西可是让他们受用一生的啊！

听了这话，久违的笑容重新在魏老师脸上绽放开来。魏老师像个孩子似的开心地笑了，他拍着胸脯说：以后，我随叫随到，您只管使唤我。大家这时才豁然明白，要不是刘校长这句中肯的评价，那个"黑"字也许就要成为他一辈子都要背负的枷锁了。

爹是一个贼

让小华火急火燎想回家的原因是校园里有了一个传闻。传闻说得有模有样。

不知何时,校园里就有了这样一个爆炸性的新闻:小华他爹是个贼。

这让即将参加高考的小华不能接受,感觉受了莫大的侮辱。和自己要好的几个朋友都开始有意无意地疏远他,连老师看他的目光似乎也都有了异常,小华整天耷拉着个脑袋,像犯了弥天大罪。

这则"新闻"传得有鼻子有眼,说是在县里的量贩亲眼看见,小华他爹被人揪出来当众揭穿后,被痛打了一顿。这家量贩小华也很熟悉,他经常趁着星期天到这里买学习用具,可老实巴交的父亲怎么会到那里当了贼呢?小华上的是寄宿制学校,就想请假回趟家当面去质问爹,如果是真的,以后自己在同学面前就抬不起头了。

小华是个上进的学生,几次要开口向班主任请假,都没有张开嘴。班主任看到他也只是笑笑,安慰他:你还小,你的任务就是学习,除了学习你别操什么心!言外之意,班主任也听到了这个传闻并且信以为真。小华的脑袋压得更低了。

终于熬到星期天,小华坐车回了家。一路上,他心里七上八下的像天空上的云不断翻涌着。经过那家量贩时,小华忍不住扭头看了两眼,这个曾经让他十分向往的地方现在变得如此可憎。想当初,为能来到这儿买到自己喜欢的文具可以高兴得几天几夜睡不好觉的,如今变成了自己的伤心地。爹怎么可能变成一个贼呢?

到了家,爹娘都在。看到小华来了,都欢喜地从屋里跑出来。小华张嘴想问问那事到底是不是真的,可张了张没说出口,又一想,也不在乎这一时半会儿,等吃饭的时候再问吧。他娘好像看出端倪,关切地问:孩儿,病了吗?小华咧开嘴勉强地笑笑:没,好着呢。我看俺孩儿有点不对劲。他娘又说,好了,没病就好,你不知道,你爹又找了工作,挣钱不少的。小华看看娘,想给娘说说外面的传闻,看着娘头上日渐增多的白发,还是忍住没说。

吃饭时,小华的爹心情真的是很好。他叫小华的娘到村北孬蛋家的小卖铺买瓶内部招待用的百泉春酒,外加一袋花生米。小华的娘颠着小脚去了。小华倚着床头想心事。

不多一会儿,小华的娘就回来了,把酒和花生米往桌子上一放,给,酒鬼,喝吧,好久没开荤了,儿子也回来了,高兴就喝口吧。

小华的爹兴致颇高,他一招手,儿子,过来,今天搞个特殊,你陪爹喝口。

小华的娘连忙拦住了,说,不行,儿子还小,咋能喝酒?

小华的爹的脸上绽开一朵花,我能不知道,我是想让他吃俩花生米,看,孩子上学累的,面黄肌瘦的。爹又说,儿子,以后别亏待了自己,要吃饱,咱不跟人家比吃穿,可也不能让自己受委屈。

小华每次回家都得借生活费,一周20元钱。老实巴交的爹和娘没有其他的来钱门路,守着几亩薄田度日,巢一季儿粮食还得留着给自己交学费。虽说现在好些了,学校有"两免一补",很快又要全免杂费。

可这些,都不能成为爹"奢侈"的原因啊。

果然，小华的爹自己就揭开了谜底。儿啊，我给你说，爹找了个好活儿，你看，爹上过学，知道有知识才能有出路，所以啊，我一直坚持让你上学，你看咱村里和你一般大的都辍了学在家拉角儿（农村里往县城里拉石头叫拉角，干的是力气活）呢。我告诉你一个秘密，我就是利用书本改变命运的呢。

这话让小华好生奇怪，木木地盯着爹看。

奇怪了吧，我告诉你啊，你忘没忘你落下的那本书，那天，我没事翻了一下，还好，字儿我还都认识，我看到一篇文章，里面讲到职业问题，还说机会是人创造的，你猜怎么着，我灵机一动，开动脑筋这么一想啊，就生出一个好点子来，就找到一个好工作。你猜什么好工作？

小华一下来了兴致，爹是爱开玩笑的一个人，常常把一件事说得曲折动人。小华问：你找到什么工作了？

小华的爹笑笑：我要做一个贼！

这话一出口，小华这才意识到自己这次回家还没追究这事呢。看来，爹要把事情都告诉自己。

别怕，孩子，我一不偷二不抢，我就是个演员，演员懂吗？那天，我看到那个文章，这些文人脑子就是好使，想出这么好的点子。当下，我就找到量贩，找到老板，把自己的意思说了，你猜怎么着，他一听直夸我，当时就拍了板，把我算作保安，每月领工资，专职做贼。我选择不同时段，扮作贼偷东西，被保安发现揪到保安室，让顾客们看，当然我每天都得化装，不然一看这个贼都是我，不早露馅了吗？这叫杀鸡儆猴，哈哈……

听到这里，小华明白了，心里一酸，猛地拿起桌子上的酒杯喝了一口，真辣，呛得他眼泪都流出来了。小华的娘把酒杯夺了去，说好的，不让你喝，你还小，真是的，看把孩子呛的。小华的泪哗哗的,流到了心里。

小华心里清楚,爹肯定是听到了什么,才会开诚布公地告诉自己这件事的。

…………

那年,小华考上了大学。暑假里他南下打工,一是为了学费,另一个原因是他爹被抓走了,他成了家里唯一的顶梁柱。

笨 老 师

上课铃声响过,校长推门进来,还带来一位新老师。他向大家介绍说,这是新来的刘老师,刚大学毕业,接替休产假的班主任胡老师。校长还说,这可是学校里的高才生,很有学问,在学校里就曾是学生会干部。同学们听完,热烈地鼓起掌。刘老师的脸都红了,他给大家鞠了个躬,说以后咱班的语文课就由他和大家一起学习。

后来的一节自习课上,小龙翻看课外读物时发现一个词不认识,"养蚕缫丝"中的"缫"念什么呀?他绞尽脑汁地想了一通没想明白,就举起了小手。刘老师说学问就是又学又问,要养成一个好问的良好习惯。刘老师踱到小龙面前问怎么回事。小龙问"缫"字怎么念?刘老师看了看,脸色变得越来越红,最后竟嗫嚅着说,对不起呀,这个字我也弄不清哩,大概叫 jiǎo 或者叫 sāo 吧?你不妨查查字典。坐在小龙后面的小虎像只麻雀探进头,等看清楚了字,欣喜地叫道,我认识,我认识,念 sāo。刘老师看看小虎说,你是我的一字之师啊。脸上却像打了胭脂。

自此以后,刘老师对课本上的字词就十分注意,在备课的时候分外用心,生怕再碰上这样的尴尬事。刘老师教过的学生像割韭菜一样走了一茬又一茬,刘老师由于工作努力,连续多年被评为省骨干、省市级优秀教师。

这天,刘老师接到一个请柬,说是二十年前的学生聚会,想请当年的刘老师也过去。今天的刘老师已是桃李满天下,想想学生们还惦记着自己,心里也颇感欣慰。

出了门,离约定的饭店还远,抬眼看看不远处正好有辆人力车。就招手让车过来。刘老师问到新华饭店多少钱,车主说给你便宜点,我正好也去呢。刘老师道了声谢谢,两人攀谈起来。几句话后,刘老师发现这人好像面熟,又定睛看了看,吓了一跳,这不是小虎吗?自己的一字之师!刘老师沉默了,人生真是变化无常啊。一幕往事涌上心头。

那天,小虎在课堂上做了刘老师的一字之师后,就开始飘飘然得意扬扬了。他回到家,高兴地告诉了他爸爸,他爸爸一听,儿子换了语文老师了,还是个毛头小伙子,学问还浅,这不是耽误孩子吗?他爸爸一怒之下来到学校,要求换老师,当时校长苦口婆心地劝说了一通,才把他劝回去。可从此以后,小虎上课就不认真了,骄傲情绪与日俱增,特别是后来他不知从哪儿听来一句"弟子不必不如师"时,就更不知道东南西北了,学习成绩也是一落千丈,再后来辍学后就弄了辆人力车勉强糊口。

一路无言,刘老师和小虎并肩来到新华饭店。落座后才发现做东的是小龙,现在已是一家大型公司的老总了。小龙把刘老师让到自己身边对大家说:"我有今天这样的成就,全赖刘老师呀。想当年,刘老师刚来第一天,教我们语文课,有次自习课上,我问了刘老师一个问题,纆字怎么念,刘老师想了想,说不认识。当时我就想,老师真诚实呀,知之为知之,不知为不知,这是给我们做出了做人的典范呀。刘老师有学问还那么谦虚,在教育上一定能比孔夫子。"说完,豪爽地笑了。刘老师摆摆手,说:"要不是那次小龙问我这个问题,我不会当时很不好意思,我谢谢小龙才是,要不然我还是位不知天高地厚的教书匠呢。"大家都举杯祝贺刘老师在教育事业上取得的成就。前不久,刘老师作为拔尖人才还被省长接见呢。

刘老师看了看坐在角落里的小虎,一时思绪难平:我这个老师笨了一回,怎么给不同的学生带来的影响如此之大啊?

你愿做谁的儿子

他在单位里是个天下第一的勤快人,这是局长对他的评价。只要是局长张口说的事,他必定全力以赴。局长家的窗子坏了,是他去修;局长家的煤气罐空了,是他扛着去换;局长家的老人病了,是他陪着去医院。这不,今天,他又听说局长的公子放学没人接,就自告奋勇跑来了。

这是家贵族学校。等见了局长的公子,可把他看呆了。局长的公子长得像只皮球,整个身体都成了圆的,局长的公子跟着他走了没几步,就喊着嚷着要他背。他哄这位小公子,说一会儿就能坐上车了。公子不依,他只好弓下身,把一百多斤重的"圆球"扛在身上,犹如一座大山压在了背上。

可他还是屁颠儿屁颠儿地往前小跑着赶路,他知道自己的前途还在人家局长的手里攥着呢!

偏偏他的这次自告奋勇被自己的儿子看见了。儿子和局长的公子不在一个学校,儿子在一家专门给农民工办的学校里读书。儿子看见他背着这个"圆球",开始觉得滑稽,后来心里就不平衡起来。

儿子一直等他把局长的公子背到车里,冷不丁地跑过来,对他说:爸,你也得背我一回。

他对儿子左看看右瞅瞅,心想今天怎么啦?平时,儿子挺体谅自己的。但他说出口的话却异常严厉:上车,少招我烦!

等他把局长的公子送到家里,对他家里的保姆又是哈腰又是点头,人家爱理不理地打发了他们两个。

回家的路上,儿子想坐出租车,他扬了扬手,没打在儿子脸上,只是说,那是咱能坐的吗?

儿子对他说:给当官的人当儿子真好啊!又是接,又是背的,还有人给他送礼,吃得圆滚滚的。

他笑了,算是同意儿子的观点。不过,心里掠过一丝苦涩。

他心里有一个愿望,就是能成为局里一名合同制工人,这样他的各项待遇才会有保障,才能让儿子过上好日子。他对这点很有信心。

他再也不愿让儿子重蹈他的覆辙。自己当年学习一直拔尖,后来家里生活困难,就辍了学。可他一直不死心,凭着对文学的爱好,来到局里应聘当了临时工。自己出人头地的心早没了,他把希望寄托在了儿子身上。他要让儿子成为人上人,自己就必须为他铺好路,他把赌注都押在局长的身上。

局长喜欢的就是他喜欢的,局长的一个眼神对他来说就是

命令。

局长没事总是找他闲聊,这让他很感动。有意无意地,局长暗示要瞅准机会让他转正。当然,更多的时候,局长会有意无意地说些家务活,然后,他就像局长的两条腿一样把一些事情办得妥妥帖帖。

然而好景不长,局长犯了事儿,被停了职。

他懊恼不已。不过他很快就想开了,"人的命,天注定",这是无法更改的。

他决定用现实与儿子进行一次对话。

他对儿子说:"你还记得我们局长的公子吗?"儿子回答得很干脆:"打死我都不会忘的。"他说:"我们局长被停职了。也就是说,他那个公子也没有好日子享受了。"

他又说:"不要羡慕那个公子哥儿了,你看你老爸没本事,可咱不是生活得好好的!"

儿子憋了半天,才嗫嚅着说:"瘦死的骆驼比马大,他终究享受过荣华富贵了,那'圆球'也不枉来人世一遭。"

这孩子怎么啦?他突然怅然若失,鼻子酸酸的,蹲下身子来,想哭。

玉　　佛

当年的他是个"三只手",而且技艺高超。

那年,他的父亲突发心脏病,在医院里抢救,花光了家里所有的积蓄，依然还有一万余元的缺口。眼见着父亲危在旦夕，他成了热锅上的蚂蚁。他瞥了一眼母亲，母亲正在手足无措地打着电话。他不忍心看着病榻上的父亲和焦急万分的母亲，信步走了出来。

走在大街上，残缺的路灯星星点点地亮起来。他看着眼前走过的匆匆忙忙的各色人等，心里泛起一种从未有过的厌倦。父亲慈爱一生，对自己总是谆谆教导。他向来是不信神的，可这回他却突然有了强烈的宿命感，莫非是自己造的孽，上天把惩罚降临给了父亲？

一抬头，蓦然发现来到生意异常兴隆的诚信典当行。这时，正好有人从里面慌慌张张地出来。这人浓眉大眼，神情庄重，胳膊紧紧夹着一只皮包。看此人的神态，凭直觉他断定里面一定是件极贵重的东西。

他在心里默默祈祷：原谅我这一次吧，我要救父亲的性命，想必上天会谅解我，做完这一次，我一定收手！

于是，他施展绝技把来人的包神不知鬼不觉地顺手"牵"走了，这人或许是太匆忙竟毫无察觉。来到一个僻静处，他打开包一看，两眼顿时直了。里面有一只玉佛，通体光滑透亮，散发出绿油油的光彩。他喜出望外，趁着夜色直奔古玩交易市场。他知道，每天这个时候，这里总有一些淘宝的主儿在碰运气。

很顺利，经过一番讨价还价，这只玉佛以一万元成交。然后，他直奔医院。

来到病房，却见母亲傻呆呆坐在床头。看见他，母亲嘴里喃喃道：完了，完了。

他吃了一惊，忙走到病榻上察看，父亲气息尚存。

什么完了？他怔了怔，问。

母亲像是梦呓,又像在讲述一个遥远的传说。

母亲说:你父亲平时有一好友叫施信,开了家典当行,此人重情重义,和你父亲属君子之交,平日里不常往来。你父亲认为他是一个值得托付的人,把家里一件极珍贵的物品交给他保管。这事也是你父亲病发后才告诉我的。今天,我按照你父亲的安排给他打了电话,让他把那件物品拿过来,这是你父亲留给你的传家宝啊。你父亲一直不敢把这事说给你,怕你不能善待这件宝物。

说着说着,他母亲的泪流了下来。

他母亲又说,半小时前接到施信的电话,他不小心在半路把咱家的传家宝丢失了。十分钟前,他家里人打来电话,说施信觉得对不起你父亲,竟——竟上吊了。

他听到这儿,打断了母亲的话,他想弄清楚是件什么宝贝竟能让父亲的这位朋友为之殉身。

一尊玉佛。母亲说。

他大吃一惊,随后心里一痛,继而羞愧不已。

他跑了出去,找了一把刀,生生地把自己右手的两根手指剁了下来。他立誓:在自己这个家族里再也不允许任何人做偷鸡摸狗的事!

…………

老人给我讲这个故事时,满脸泪水,他伸手揩了一把脸上的泪。这时,我才注意到老人的这只手只有三根手指。

"害人终害己。"老人说,淡淡地。

我回头对审讯了我两天、双眼早已布满血丝的陆警官说,你问吧,我把一切都告诉你!

幸福是什么

上小学四年级的小虎愁眉苦脸回到家,一进门就兴奋起来。原来,今天老师布置了一个特殊的作业,让做一个社会小调查,题目是《我心目中的幸福》。正在无计可施时,发现家里宾朋满座,才知道今天自己的众多长辈来给爷爷做六十大寿,这不是正好搞调查嘛!

小虎说明情况后,就模仿起小记者,挨个儿问起来。

"大伯,您觉得您心目中的幸福是什么呀?"

小虎的大伯脸一下子灰了起来,他的大伯住在郊区,靠一点菜地勉强糊口,当初他学习最勤奋,为了兄弟上学,自己主动辍了学。大伯嗫嚅着说:"我最大的幸福就是你伯母别下岗,要是和我一样,日子就没法过了。"

这哪叫幸福呀?小虎显然对这个答案不满意,他又把目标转移到小叔身上。

小叔说:"我最大幸福还用说,给你找个像章子怡一样的漂亮婶婶呀。"一句话逗笑了所有人,有人打趣,真是癞蛤蟆想吃天鹅肉!小虎的小叔刚大学毕业,自己找了份跑保险的工作,能说会道的,年龄渐长,却不成家,小虎的爷爷奶奶成天在他耳边唠叨。小虎说小叔你是逗我玩呢,就扭转脸,开始寻找新的采访对象。

小虎的大姑凑上前说:"我心目中的幸福呀,就是……"她把目光朝向小虎的爸爸,小虎的爸爸是个局长,虽说是个不起眼的单位,可是单位的一把手,一个人说了算,还是能捞到不少油水的。小虎的大姑说:"我想让你爸给我瞅准机会转正,那样就旱涝保收了。"小虎的大姑被小虎的爸爸强塞进了单位,这次来给小虎的爷爷做寿,数她拿的礼品最多。

小虎嘟着嘴,还是不满意。他终于在角落里找到了小姑,小姑是不屑与这些人讲话的,平时她最疼小虎。小虎跑上前拉住小姑的手,也要小姑讲讲自己的幸福。小姑秀眼一翻,白了在座的大家一眼,慢条斯理地说:"我最大的幸福呀,就是能傍上个大款,资产至少7位数,年龄不限,婚否不限,我就是要过一种锦衣玉食的贵妇生活。"小虎的小姑长得漂亮,追她的小伙快排成一个连了,她就是看不上,非要独辟蹊径,梦想着"翻身农奴把歌唱"。

小虎脸一下子耷拉下来,这些怎么往本子上写呀?

有人就提醒他:"你咋不问问你爸你妈?"对呀,爸妈肯定能说出一些能写到本子上的幸福。

小虎的爸爸没有他想象中的那么配合,"小孩子真多事,你那老师也奇怪,出这么个怪题目。"小虎缠着爸爸不放,爸爸说:"我的幸福呀,就是能睡得着觉,吃得下饭。"这算哪门子幸福!小虎失望极了。有些事,他当然不明白,他爸爸今天接到市纪委的电话,让他明天去一趟,说不清会发生什么事情,他心里七上八下的,要是自己的那点事败露了,后果——他自己都不敢想下去了,要不然,这次家庭会议上,他能蜷缩在沙发里不吭声,早成了主角,这群人里就数他活得滋润。

小虎把最后的希望放在了妈妈身上。小虎的妈妈脸上抹了一层厚厚的化妆品,说话时仰着脸,生怕掉下来似的。"我的幸福呀?我在胖东来相中一件1500元的衣服,要是能穿在身上那该多风光!"

小虎气得钻进了自己的小房间,想来想去,对了,自己怎么没想到找个外援啊。自己没少抄班长的作业,给班长打个电话。很快,班长就接了电话,哪知调查的情况跟他差不多,也没多大收获,不过班长说他到街上做了采访,问了一个要饭的,要饭的说,他的最大幸福就是顿顿有馍吃。小虎听着听着就吃吃地笑了起来。

老师出的题目可真难呀,一直没有满意的答案,明天怎么交作业呢?

小虎的爷爷在外面叫他,小虎跑了出来,爷爷说:"孩子,别听他们乱说,都是逗你玩的,你咋不采访我呀,我告诉你我的幸福是什么,我的幸福就是要能再年轻 20 岁就好了,小虎你要珍惜时间呀,好好学习,岁月不待人,可别活到我这把年纪,后悔就来不及了。"

小虎想这个答案还差不多。这时,他奶奶扁着嘴嗔怪道:"傻孩子,你不会写写自己的幸福?"

对呀,我自己的幸福是什么呢?想来想去,小虎迷惑了,要是有人告诉我幸福是什么就是我最大的幸福了。

丫 丫

丫丫是抱养来的,大家都说丫丫太幸运了。抱养她的是一个富贵的家庭。她的母亲在当地是个不小的官。来祝贺的亲戚走

后，就开始摇头，丫丫长得实在不敢恭维。她一头焦黄的头发，瘦脸，皮肤很干燥。可有知情人说：人家抱养丫丫，是因为丫丫耳朵后有拴马桩（像瘊一样的东西）。据老人讲，长了拴马桩的人必大富大贵。正是这个原因，丫丫才被抱养进这个家庭，进了福窝。

丫丫上学上到高中毕业，家里人也无心让她继续深造，她本身对上学似乎兴趣不大，就回了家。长大成人的丫丫身体却没能发起福来，瘦弱的身体弱不禁风，脸依然焦黄着。俗话说"人无百日好，花无百日红"，到了二十岁，丫丫的母亲犯了事儿被审查，家里的顶梁柱一下子坍塌了。丫丫只得嫁给了乡下的一个农民。大家都说：完了，长了拴马桩的人也未必就是富贵命，纯属迷信。

丫丫倒无所谓，在家里相夫教子。儿子转眼间就上了小学四年级，虎头虎脑的，惹人喜爱。

一天，丫丫接到学校老师打来的电话，说是儿子在上体育课时感觉脖子疼，现在在教室里，请她赶快到学校看个究竟。丫丫不敢怠慢，急匆匆地往学校奔去。

到了学校，儿子脸色苍白，疼得脑门子上沁出了汗。丫丫去给儿子请假，儿子的老师关切地说："你们做父母的不能马虎啊，以前你儿子经常说脖子疼，到了家，你们给他贴副膏药就来了。这次，得好好检查检查。"丫丫不是不想给儿子检查，到了大医院，那不得花钱啊。丈夫外出打工了，一年挣不了几个钱，再说穷人的孩子还怕小病小灾的。

路上碰上熟人，他们都说：给孩子好好检查检查吧。这下，丫丫认了真，把家里压箱底的钱拿了出来，去了县医院。

一检查，丫丫傻了脸。儿子的脖子左侧有颗瘤。医生说：治这个病得到北京去，危险性比较大，这种手术在咱县没人敢做。

丫丫的心一沉,眼一黑,差点没瘫在医院里,自己不知怎么回到了家。跟丈夫联系罢,头一歪倒在床上。

丈夫回来了,却没如愿拿来工钱。儿子的命危在旦夕,丫丫想到了学校,学校一般都买了保险,或许能救儿子一命。丫丫找到儿子的班主任打听,得到的消息让丫丫的心更加空落落的。

儿子的老师说:保险的赔付只是杯水车薪。人家老师是个好心人,就给她出主意:你不如写个申请求助,县里有这个助学基金,不过每年需要救助的人太多,这只是一个机会,可以碰碰运气。丫丫简直就像抓住了一根救命稻草。央老师给写了份申请,请学校盖了章,递了上去。

在家里一待就是好几天,儿子的病再也耽搁不起了。丫丫到学校询问,音讯皆无。好心的老师劝丫丫:当初,我给你出这个主意,只是让你去碰碰运气。我这儿有同学们给你儿子捐助的2000元钱,你先应应急。丫丫千恩万谢。走的时候,老师抹了一把眼泪说:"听说那个基金,得县长亲自批示才行。可要引起县长重视,你没有极为特殊的情况恐怕不行。"

丫丫回到家,一夜无眠。天一亮,她就出了门。经过一夜的思考,她决定去试一试。她也没跟丈夫商量,就独自上了路。她来到县政府门口,喊了守门的好几声"哥",人家告诉她县长车子的车牌号。

到了下午,终于看到县长的车子驶了过来。快到门口时,丫丫突然飞身上前拦住了车子,司机嘴里喃喃骂着。丫丫来到车窗口,对里面的人说:"您想赢得老百姓的好口碑吗?"里面的县长愣了愣,感到很奇怪,就问她有啥事。丫丫说:"这事很有新闻性,更能提高您的威信。"县长侧耳细听,明白了是咋回事,他亲自把丫丫请到车上,去了办公室。

很快地，丫丫就得到县里批下来的救助基金。儿子的手术正常进行，逐步走向了康复。

丫丫不知道，为这事县长还专门召开了一次会议，说现在的老百姓有苦没处诉，有的书上不是说有了困难必须得有新闻性，否则是不可能得到救助的。好多领导都把该做的事办成了沽名钓誉，以后务必要改变这种作风。

有人看见丫丫和县长在一起，就说：你看人家丫丫耳朵后长了个拴马桩，关键时刻有用了吧！

丫丫听了，表情很复杂，坚定的双眼慢慢溢出了泪，脸上写满了感激。

热　　心

你说倒霉不倒霉，老安刚把牌子放在路边，工商所就来了人。不由分说，开了张罚款条子，抱起他的招牌就走。等他们走后，老安把条子展开来，凑近灯光看了看，数额不算大，100元。大概他们只是象征性收取，搞创收的。可自己这个死摊位，这钱也是非交不可的，第二天一大早，老安怀里揣上几百块钱就直奔城西工商所而去。

走了没几步，迎面遇见儿时的玩伴小平，小平从车里探出头来，热情地问，安哥，慌里慌张的，咋了？慌媳妇啊？老安站定身子，知道这个小平爱开玩笑，也就不以为意，只是轻描淡写地说，摊位的牌子被人拿走了，去交罚款。小平一听，怒骂道，这群人就是流氓,他们就是讹钱,你一个人去连个熟人都没有,他们不会轻易还你的,有一百将来就会罚一千,正好我认识人,我跟你去,到了那儿,罚款交不交都还两说呢。说完,跳下车,就让老安把自行车放回去,坐他的车走。

老安回来简要地把经过同老婆一说,老婆也说,是啊,现在办事挺难的,难得有这么个热心人帮忙,你们快去快回。

老安和小平驱车往城西走。路过大视野修车站,小平探出头跟一个中分小伙打招呼:孬蛋,忙啥呢,钱能挣完吗?这个叫孬蛋的跑过来,一见是小平,也热情地打着招呼,问这么风风火火去干啥。小平指着旁边的老安介绍说,这是我光屁股长大的哥们,我哥摆个地摊挣俩辛苦钱,不承想让工商给拉走了,我去看看。孬蛋一听,怒目圆睁,说,在咱的地盘上竟有这事!让我去,弄急了我一刀砍了他们。小平笑了,说,我就知道你不会袖手旁观,你够意思,是个热心的人,走,咱去把牌子要过来,可不能耽误我哥的事儿,他中午还得出摊呢。孬蛋说,我还有一个小活儿,给人整下车,你稍等。老安看了看手机,正好9点30分,还不晚。就和小平在车里眯了一会儿。10点15分,孬蛋伸手拍醒了小平,老安也跟着醒了,三个人又向西而去。这个孬蛋真是健谈,侃得云天雾地的,说自己十几岁时练过功夫,二十岁时有家公司找他当保安头儿,他都没去。老安一个劲点头,唯唯诺诺地应承着。

车子到了精华眼镜店时,孬蛋让小平把车子停了下来。他跳下车,跑进店里。不一会从里面走出一位四十上下的中年人,戴着副眼镜,文质彬彬的样子。来到车前,孬蛋对老安和小平介绍说,这是我表哥,关系网很广,认识的各色人等很多,我到那儿是要横,咱今天先礼后兵,让我表哥给他们讲道理,如果他们不给咱面子,咱再动手。老安一听,鸡啄米似的点头,赞同地说,对,对,不到万不得已,咱绝不动手。

刚上车,小平把胳膊轻轻地捅了捅老安说,你怎么不给他们让根烟啊?可不是嘛,老安一拍脑袋,自己不吸烟,就不知道让烟,多没礼貌!他让小平把车停下,在路边卖冰棍的摊位前买了一盒精红旗渠。这位中年人接过递过来的烟说,平时我一般吸的都是软中华,不过今天是朋友的事,我就不计较了。老安顿时满脸通红,想解释却没张开嘴。孬蛋在一旁打圆场,说,表哥,你别计较,计较的话就没意思了,要不是跟你熟,谁会找你?这位安哥是位实诚人,特别老实。这位中年人点点头,说我就爱和实诚人打交道。

车子驶过清真寺,中年人就频频往车外招手。小平赶紧停下车,还别说,中年人处处都有认识的人,果然就和一个人拉起了话,喋喋不休地说个没完。最后,把与他说话的人也拉上了车,和老安、中年人挤在了一起。中年人介绍说,这是我老家的人,来县城置东西,眼前中午了,没地方去。

一句话点醒了梦中人,老安看了看时间,差不多十一点半了。得找个地方吃点饭啊。他话一出口,小平就笑了笑说,可不是,不能让朋友饿着肚子去办事,再说现在去了,人家也下班了,咱这样啊,都是朋友,不能花得多了,就图个娱乐嘛。大家推让一番,就近走入吃嘴精大饭店。

一通海吃海喝,老安花了340块钱,和他们都交上了朋友。中年人送走了老家亲戚已是下午两点半,他们醉醺醺地来到城西工商所,接着出现的一幕让老安心惊不已:

小平走上前,对办公的工商所人员说,我哥的牌子,让人们给扣了,你们准备怎么处理啊?

那个中年人走上前,说我认识你们局长,你们不要太黑了,否则我一个电话打过去,让你们吃不了兜着走。

那个孬蛋竟"噌"地不知从什么地方摸出一根尺把长的铁条,气势汹汹地砸在了办公桌上,嘴里喷着酒气,说着不三不四的话。

结果是那个工商所的办公人员一点也不示弱,抄起了桌子上的电话。

…………

下午五点的时候,老安的老婆接到一个电话,电话那头是小平的声音:嫂子,安哥让他们抓起来了,说他带头闹事,不过不要紧,我有位朋友在公安那儿有熟人!

孺　子　牛

王局长一行四个人从困难户刘大憨家出来,突然想起一件事,他对办公室主任张达说:"咱到鼻下头乡财政所刘所长家里吃午饭吧,咱们盘上的大米焖饭好吃着哩,听说他老婆手艺不错。""是啊。"张主任应和着,"我去年来吃过一次,味道确实好极了,特别是那陈年的豆角,晒干后很筋道,嚼着真是那么有味儿。"于是,大家兴致勃勃地一起来到刘所长家里。

来的时候,王局长给刘所长打了电话,不在服务区。王局长的内心暗藏着一种兴师问罪的意思哩。

刘所长家很普通,院内的大地锅是山里人家的一个显著标志。听到有人来,刘所长的老婆冲出院子,王局长瞅着黑黝黝的所长"夫人",打趣道:"快让你的所长大人出来。"哪料,女人吼叫着:"谁知道他死哪儿去了!"张主任赶忙上前说:"这是王局长,专程来看望刘所长的。"

听了这话,女人顿时喜不自胜,说:"这下好了,这样吧,你们等一下,我找人打只山鸡来,好好给你们送送礼。"张主任的脸一沉:"这话是怎么说的?"刘夫人说:"我真的是想送礼,求局长把我那口子的所长撸了吧,自从他当了所长就基本上不着家了。"

"哦,"王局长坐在院里一根大树桩上,"你说说看,我给你评评理。"

女人也不客气,一屁股坐到对面的树墩上,把心里的苦水倒了个一干二净。

原来,刘所长当所长也不过大半年,自从当了所长,还真就只来过家几次。平均一个多月来家一趟,扔下一堆脏衣服,扭头就走。后来在家住了几天,是得了重感冒,熬了几天没好,不得已老老实实待在家里输了几天液。

"那他都干什么去了?"大家几乎不约而同问道。

"他当上所长,就不知自己是老几了,成天说要把俺乡弄成全县最富裕的乡镇,你们知道,俺鼻下头乡是个穷乡,还有个名字叫嘴上头村,地势险峻,除了山还是山,一个鸟不拉屎的地方。他不知怎么鼓动俺乡的胡书记,没黑没明儿地跑了几个月,成天跟水泥工一样。我问他去干啥了,他说种摇钱树去了。谁不知道那玩意是个神话里的东西!"这时,旁边的朱副局长插了话:"你家刘所长真没给你说假话,一年来,你乡的一般预算收入翻了两番,以前你们的石子资源都流失了,刘所长创新工作思路,创造性地提出'设点征收''源头征收'的税收新方法,与税务部门密切合作,培植了你乡新的税源呢。"

"什么税源不税源的,我娘们儿家家的不懂。当个所长,还让我们把亲戚都得罪光了。"女人气愤地说。王局长眉头皱了皱:"有这么严重?"

"前一段时间,给乡亲们发林木补助款,说是上头拨下来一大笔钱,给老百姓办好事,核实树木数目后,发补助。谁知我家的几个亲戚种的树枯萎了,俺家那口子硬生生没给他们发补助款,一家少发二百多块钱呢。现在走在路上,他们就戳我的脊梁骨,说公家的钱,你当所长的睁一只眼闭一只眼就中了,咋这么死板,口口声声要跟我们断亲,弄得我孩子都没脸出去见人了,你说还让我家咋过呀!"

张主任叹口气,问道:"那现在刘所长在哪儿?"

"修水池。自打去年10月份以来,我们这儿不是没下过雨吗?天太旱了,有个叫松贡水的村子,群众吃水都成问题了,听说他从上边跑下点钱,怕不够用,就精打细算,发动整个村子的男劳力出工在义务劳动呢。"

王局长"噢"地站起来,斩钉截铁地说,走,看看去,大米焖饭不吃了,一起去工地!

几天后,县报上一则消息格外引人注目:"山区孺子牛 记鼻下头乡财政所所长刘海同志。"

全县财政系统迅速掀起了一股向刘海同志学习的热潮。

门　卫

　　"钱难挣屎难吃,这话虽粗俗,却是至理名言。"老林在家庭会议上不只一次对各成员谆谆教导说。也难怪,老林今年已经六十挂零,一辈子兢兢业业,勤勤恳恳,完全做到了"俯首甘为孺子牛"。单位里的闲杂琐事都被老林利用业余时间担了起来。他乐此不疲。有年轻同事笑话他,老林会立即严肃地指正:小伙子,工作要有热情,找份工作容易吗? 拿公家的钱就要为公家分忧解难,挣钱不容易啊! 在外人面前,他没好意思用"吃屎"来做比方,反正他自己一如既往地干下去了。

　　也许领导看中老林的就是他这一点。转眼间,老林退休了,他又被返聘到单位当门卫,让他继续发光发热。老林像是掉进了蜜罐里。在他的观念里,他顶讨厌那些无所事事的老头提个鸟笼瞎转悠的。老林感到自己成了一个对社会有用的人了,他心花怒放,比以前干劲更大了。

　　门卫其实也没有什么要紧的事,就是做个来客登记什么的。老林把它看得很神圣。他固执地认为,如今社会正处在改革开放的大潮中,难免会出现一些不和谐的音符,被坏人混进来了,危害可就大了。一个月过去了,半年过去了,始终没有出现任何的纰漏。这天,老林感到肚子不对劲儿,咕咕噜噜直响。瞬间,他觉得翻江倒海般难受,怕是吃了不干净的东西了。他顾不了许多了,抽张报纸一溜小跑进了不远处的厕所里。蹲在厕所里,老林的心还牵挂在大门上。他的心咯噔沉了一下,大门忘关了。又一想,门要是关上了,正巧单位里有人要出去那可多不方便,会误事的。自己想马上出去,偏偏肚子不争气,又隐隐作痛起来。老林索性翻起了报纸,一眼瞅见一则新闻,一则偷盗的案件。老林一边看一边摇头,不知不觉时间吱溜过去了大半个钟头。等老林拾掇停当了,才发现自己蹲的时间太长了,两腿酸麻。稍歇一会儿,又针扎般痛起来。好不容易挪到厕所外,他背靠一棵大杨树向门口张望。

突然,他发现一人正鬼鬼祟祟往外走,自己不认识此人,老林不知从哪儿涌上一股劲儿,箭步如飞奔到这人跟前。这人显然吓了一跳。老林注视着这个人,中等身材,很壮实,还有点贼眉鼠眼。老林背着手踱到这人面前,看到此人怀里还抱着个大物件,用红布蒙着。老林指了指问:

"啥东西?怎么回事?"

这人一时慌乱,口中结巴几下,一看老林年纪较大,慈眉善目,马上镇静下来,很从容且礼貌地答:

"大爷,你不知道情况,我就长话短说了,我们老总给你们局长送来几台电脑,被你们局长婉言谢绝了,老总让我送来,可害苦我了,我抱着个铁疙瘩到五楼跑了几个来回,累死我了!"

可不是吗?只见这人脑门上沁出一层细汗,气喘吁吁。老林忙凑过来,低声问:"你们老总给我们局长送礼,我们局长不要?"

"对啊。"这人兴奋地说,"大爷,我一看您就是个明白人。"

老林赶紧吩咐道:"别声张,让人看见多不好,来,我帮你一把。"说着,老林弯下腰和这人抬着这么一个大铁疙瘩走向大门口。

门口停着一辆三轮车,等他俩把电脑放稳当,这人转身把老林的手攥住了,满怀感激地说:"大爷,你是个好人,大大的好人!"

别说了,注意点影响。老林目送这人渐去渐远。

老林一身轻松地回到门卫室,还没等他把脸上的汗擦一下,有人急急地拍打窗户,接着一个急切的声音灌入耳膜:"老林,老林,看到有人出去没有?局长办公室的电脑不见了!"这是局长办公室主任的声音。老林惊讶地嘴巴张得半天合不拢,脑袋"嗡"地一下大了。

当天下午,老林就卷了铺盖回了家,是老林自个儿解聘了自己。

面　　子

可怜天下父母心!城里的教学质量好,发了财的张生就打算把儿子送到城里读书。不久前,他的一个叔伯姐姐捎信来,说城里有套住房空着,让他先给看着,出租费好商量。那个姐姐背地里给他说了掏心窝子的话:上头正在调查我的财产状况,如问到你,你就说是你早买下的,你一定要给我这个面子。张生高兴坏了,正打瞌睡呢,扔过来一枕头。更何况,平日里都是他有事求这个姐姐,现在这个姐姐居然也求到自己头上了,总算把丢的面子拾回来了。他和老婆商量来商量去,最后不顾老婆的极力反对,自个儿陪儿子来城里读书。

他姐姐的住房位于市中心的繁华地带,二楼,100多平方米,里面的洗手间、厨房都粉刷好了,不用做任何的修整。张生搬进来后,就充分体验到了城里人的优越感。煤球烧完了,一个电话就有人送来,电费、水费有人到跟前收,不像农村得跑几十里路去缴费。每天他除了做些小生意就是接送儿子上下学。

时间一长,等他了解了居住的环境后,却生出一种自卑感。原来这是一个"干部楼",住的都是干部,官衔倒是都不大,净是一些厂里的科长、局里的主任之类,和他这个平民百姓一比,把他从他姐姐那儿拾起来的面子重又弄得荡然无存,这明显是低人一等嘛。张生看到别人的笑脸就感到了尴尬,感到了无比的羞愧。

这天,他接儿子放学回家,走到胡同口走不动了,胡同口围满了人,叽叽喳喳说个不停。张生驮着儿子挤进里边看热闹,仔细一听,明白了。他楼上的一个邻居正和两名警察争论不休,警察要看他的驾驶证,那位邻居死活不让看,因为他根本就没有办理。眼下,市里正创"三优",对交通秩序检查得紧。围观的人越聚越多,那邻居更抹不开面子了,和两名警察吵得脸红脖子粗。这时,张生的儿子跟张生要手机,说给他同学打个电话。他儿子"滴滴"按了一通:喂,杨志的爸爸吗?我找杨志,啊,杨志,没走远,好啊,我这儿出了点麻烦,能不能让你爸爸过来一趟?没多大工夫,一辆小面包车驶来,车身上写着"公安"俩字。从车上下来那个叫杨志的同学,来到张生的儿子面前,毕恭毕敬地问:班长,啥事?张生的儿子指了指那邻居,说:我叔叔遇上了麻烦,想让你爸爸帮帮忙。那小子的爸爸径直走到那两名警察面前,低声耳语几句,两名警察放了行。这一幕把一旁的张生看得呆了:行啊,臭小子,你也会来这一套了,不过,也给我长了面子。儿子不屑地撇撇嘴:我同学的爸爸是个大队长,我们班找他办事的多着呢。

这下,张生住的楼里的人都知道了这件事,都没想到楼里还住着个神通广大的人哩。再有人看着张生笑,张生就不感到尴尬了,他看出大家都带了一种羡慕的表情。儿子能在班上当班长,他爹能差到哪儿去!其实,张生的儿子成绩不太好,但有一个优点,个子高,在农村跑大的,身体比城里的孩子壮实,被班里的小朋友选成了班长。这么个小芝麻官竟然也能办到大人都办不了的事呢!张生更得意了,他不失时机地宣传他儿子,大家也都把他当成了个人物。张生感到和邻里的关系又迈上了一个新台阶。

这天,他又去学校门口接儿子。刚要扭身离去,又看见两名警察拦住一个骑摩托的人。张生左瞅瞅右看看,觉得这人很面熟,就起了见义勇为之心,儿子在旁边,那位同学肯定还没走远,一个电话打过去,问题就解决了。他拉着儿子往跟前凑,走到近前,他儿子倏地像骡子受惊了似的向他身后撤。干什么?你给老爸露脸的时候到了。张生呵斥儿子。他儿子却使了吃奶的劲把他拽到一边,说:那是我老师,我都听到她给我的那位同学他爸打电话了,谁稀罕咱帮忙?张生的脸一下子红了,继而有些怏怏不乐,嘟囔着:怪不得我看着有些面熟呢!

谁掉进了陷阱

市商贸公司的刘总这两年走了背运,销售额逐年下滑。这天,管库存的王经理风风火火地跑来告诉他,不知什么时候商场里积压了大量的高脚杯。听了王经理的话,刘总更是火上浇油,现在资金正周转不开呢。

当初，只看上了了高脚杯的美观好看，却没有想到这玩意不实用，家里谁用这种东西啊，好看不中用。可市里需要这种杯子的那些高档酒店、夜总会才有几家呀，如今生意不好做，各种超市遍地开花，都快把他的市商贸公司挤垮了。

正在刘总心烦意乱之际，他的小舅子张毛来找他，刘总知道他的这个小舅子好吃懒做，是个标准的小混混，还一直梦想着发大财。果然，张毛一见刘总，立即耷拉着脸哭穷：姐夫，你得帮帮兄弟啊，看在我姐的面子上你也得拉我一把，要不，我媳妇就没了！刘总可不信这一套，张毛次次来，次次理由充分，这次刘总再也没给张毛好脸色，他伸长快急出燎泡的大嘴巴凑到张毛面前，吼道：小子，要钱没有，要命一条。许是张毛被刘总的气势吓倒了，也可能是被刘总满嘴的口臭熏着了，张毛惊慌失措地夺门而出，边走边喊：你不是我姐夫，你……你——我告诉我姐去。

张毛一走，刘总更是莫名地烦恼起来。急中生智，他忽然想起当初上学时的同学林枫来。林枫早年辞去公职，在商海打拼，现在已是市里的知名企业家了，以前，刘总嫌他不入流，叫他土八路，现在不一样了，人家要风得风，要雨得雨，快活极了。想来想去，只有这位同学能够帮自己渡过难关了。说什么也得低三下四求他一求，上百号人还在等米下锅呢。

主意打定，刘总先平复下心中的闷气，拨通了林枫的电话。"喂，哪位？"对方开了口。听动静，林枫好像有酒会，吵闹得很。刘总提高了嗓音："我是刘一水啊，老同学，怎么我的声音都听不出来。"对方一听，兴奋异常："你在哪儿，过来喝一杯？"刘总没心情跟他闲扯，马上转入话题："我想请你帮个忙……"话没说完，林枫就哈哈笑了，说："这你就更不能不来，我等你，在龙抬头大酒店，不见不散啊。"说完，不由分说就挂了电话。

"他妈的。"刘总忍不住狠狠地骂起来,"你喝酒,我得去给你买单!"可又一想,也实在没有其他的出路。只好叫上司机上了路。

自然是一顿海吃海喝,好几十号人,一下子吃了刘总二千多。林枫还开玩笑说:"做什么事儿还不都得交学费,市场经济嘛。"

也是。很快地,林枫就来约刘总喝茶。林枫先听完刘总的话,眉头稍稍皱了一下,就得意扬扬地说:"刘总,你真找对人了,我在这方面可是天才,你信不信?我就是靠倒腾东西积累的原始资本,你现在的情况和我当年如出一辙。"然后,林枫没了话。刘总一听,心说,好个老狐狸,还没办成事儿,就开始惦记好处啦。刘总硬着头皮说:"我只是一时资金紧张,周转不开,等这批货一出手,我翻过个儿,准能赚上一笔,亲兄弟明算账,三七开,咋样?"林枫听了颇满意,说:"我就知道你刘总不是凡人,以后肯定有出头之日的,我也不是看上你这点好处,市场经济嘛,意思意思。"然后,林枫示意刘总附耳过来,如此这般说了一通。刘总马上转忧为喜。

第二天,城区的大街小巷一夜之间铺满了花红柳绿的小广告,给清洁工人造成了不少困难,也给城区的卫生工作带来了很大的麻烦。广告上是这样写的:因扩大规模,好利得大酒店和多个娱乐场所联合征集大量的高脚杯,比市场价高一倍,因供货紧张,请有货者速来联系。下面还有鼻子有眼地写着一个联系电话:135××××××79。

那则广告尽管很快被城管清理干净了,可还是在人们脑子里留下了极深的印象。也是,谁不想靠倒一下手就发笔横财呢,好多人眼红着呢。

过了没几天,城区来了几个外地人,低价推销一种高脚杯。

看上去档次很高,像酒吧里的那种,端起来很有气派。不少人拿起了手机,叽里呱啦一通开始掏钱购买。不几日,外地人的杯子就被抢购一空,有人还问他们什么时候还来。那几个外地人笑笑,说:我们库存也不多,来不了几趟了,欲购从速啊!

十多天里,城里的人像疯了一样:有人大量购进;也有人没能买到杯子而望洋兴叹;也有人因争购打了起来……

几周后,这股风才刮过去。

这天,刘总给林枫打起了电话:"喂,林枫呀,你是个天才啊。我积压的高脚杯没几天就卖光了,听说好多人为此还打得头破血流,我只恨自己当初怎么才积压那么点儿啊?想到这儿,我都想扇自己几个耳光。"

那头林枫提醒他:"你可千万不能马虎,还没到最后时刻,不能麻痹大意。接着要你做的是给那些农民工高工资,让他们离开这里,再去把那个电话号码注销了。对了,你是化名搞的那个电话吧?"

"当然。"刘总得意地说,"这一段都快把那电话打爆了,也该让它歇歇了。啥时咱喝一杯?"

那头林枫也笑了,说:"当然。对了,我还真想起一件事来,上次,你找我的时候,那些哥们正找我的事儿呢,说没让他们玩痛快,没去洗洗脚,我正想弥补一下呢。你看这事儿?"刘总一听,心里又骂开了:又讹我!不过,这一次,刘总心情好,就爽快地答应了。

喝过玩过,刘总才想到好久没回家了。老婆说他不在家,就去娘家住几天。这下好了,好好表现一下的机会来了。刘总特意买了几大箱补品去了丈母娘家,一是显摆显摆,二是把老婆接回家。回去以后好好放松一下。

到了丈母娘家，正是晌午。"都在家呢？"刘总兴奋地和大家打招呼，却都是死气沉沉的。刘总纳闷了，问他老婆："咋回事儿啊？"

他老婆突然气呼呼地说："都怪你小舅子张毛，他不知听信谁的话，把我妈家里的钱，咱家我存的钱，还借了好多钱，买进了什么高脚杯，说是一倒手不但能翻本，还能狠捞一笔。这下可好，快把市里的高脚杯买光了，出不了手了。那广告上的电话不在服务区了，攒了堆废品，你说咋办？不过这也不能全怪张毛，谁让那做广告的缺德呢！对了，你不是常说，你是个智多星吗？你给想想办法，要不你的市商贸公司给他推销掉？"

刘总的老婆话没说完，不见了刘总，转身去找。不知何时，我们的刘总已瘫软在沙发上。

沉默的男人

从妈妈住进来看孩子以后，一个情景老是在男人的脑子里盘旋，像他的影子挥之不去。

那时候，男人还是男孩，三五岁的模样。小时候的男人很聪慧，虎头虎脑的，颇讨人喜爱。

某个黄昏，男孩的妈妈抱了男孩坐在院子里乘凉。妈妈就对男孩说："你长大了给妈妈买什么吃呀？"男孩就仰起天真的小脸说："给妈妈割肉。"妈妈就笑了，笑过之后就用手一戳男孩的鼻尖说："到时候，妈妈就吃不动肉咧。"男孩就撅起小嘴说："我给你端豆腐。"院子里就响起了妈妈开心的笑声,引来几只蜻蜓前来偷听。

谁知这个幼时的愿望到男孩成长为男人之后,就成了奢望。

男孩上学很努力,一路过关斩将轻松进入大学,大学毕业后,又不费什么周折进了小城里的一家事业单位。虽然收入不高倒也稳定,从农村走出来的男人很知足。

男人的另一半是个城里人,生性泼辣。女人在行政单位,是个公务员。男人和女人都是靠工资生活,城里的房子都是男人的父母借债买来的,可男人的父母是要强的人,声称不要孩子作难,趁着自己还年轻,很快就把债务还上了。于是,男人和女人没有什么负担,整日里乐哉优哉。

像所有的家庭一样,男人和女人有了孩子。这时候,女人的公务员工资调高了,男人的工资少了一大截,男人就感觉在女人面前矮了一截。

很快地,男人的妈妈进城来给男人看孩子。

不知怎么了,女人在男人耳边就多了风凉话。

一回,女人说:咱妈身上有股什么味?也不知道洗洗澡!

男人就解释:老家养了猪呢。挣钱还债哩。

女人就白了他一眼。

孩子要穿衣,得做。女人就问:妈,你抽空给孩子做件衣服啊?

男人的妈妈就脸红了:我不会啊。女人就满脸不高兴,就对男人说:从农村里走出来的像咱妈这个年龄的都会做小孩的衣服!言外之意,就有了对男人妈妈的抱怨。

又一回,孩子的衣服领子脏了。女人就对男人的妈妈说:妈,你就不能趁着晚上把小孩的衣服领子换洗一下,这活我都会,你

总该也会吧,这又不是做衣服。说话的语气就有了责难。于是,不善言谈的男人妈妈就在晚上忙活起来。

每个周末,男人的妈妈都要急切地回老家。女人就在男人的耳边说:我都给妈说了,让她把儿子的家当成自己的家,看来妈的心思不在咱家,你看她慌张的!男人就解释:家里不是还有爸吗?

女人就叹气说:咱对妈再好,也不如咱爸呀。

其实,男人的妈妈私下对男人说了好多话。男人的妈妈从不在女人面前多说一句话,女人说了不中听的话,她总是忍着,不吭声。男人的妈妈曾对男人说:咱家还有债务呢,家里养些猪,挣俩钱,我到家给你爸做做饭,你爸再干点木匠活多少挣些,再过一年,咱就还清了,到时候还能给你们分一些。

男人在这个时候,鼻子就会酸酸的,就"抱怨"说:您二老早该把咱家的债务给我们兄弟几个分一下,早该给媳妇坦白。男人的妈妈就说:我们还能动,这是我们的任务,不用你们管。

就这样,女人在男人耳边总是数落着。有时,男人就争辩几句,却招来女人更倔强的反击。男人就变得更加沉默了。

男人的妈妈头发白了大半;牙齿也不好,五十多岁都快掉光了。于是,男人想改善一下妈妈的伙食。男人就想起儿时的愿望,心里就愁起来。因为女人不爱吃豆腐。

男人经过一家豆腐坊,闻着里面喷香的豆腐,心里就泛起一阵阵异样的感觉。可一想到,女人在耳边唠唠叨叨,就强压了心里的念头,空手而回。

一天,男人接到电话,赶紧回到家,原来是男人的妈妈不知怎么倒在了地上。男人打了急救电话,到医院一检查,是胃癌,晚期。

男人就看女人,脸阴沉着,把女人弄得莫名其妙。女人心说:

又不是我让妈得病的。

男人的妈妈活不过一个月。医生说。

一连几天,男人都泡在眼泪里。

这天,男人拉着女人来到豆腐坊,买了几十斤豆腐,回去放到冰箱里。女人说:这么多,吃不了会坏的。

男人就吼:不用你管那么多!女人就吓得一愣。

男人说给妈做一盘小葱拌豆腐。女人看看男人那张可怕的已经扭曲的脸,进了厨房。

做好后男人说,走,咱给妈送去。

说着,转身就走。女人怔了一下,跟着男人的脚步往外走,并且走得越来越快,跟得也越来越紧。

我现在才明白咱妈爱吃豆腐。女人说,你怎么不早说,是不是我平时太爱唠叨了?我把心思都用在孩子身上,才口无禁忌地对妈说了好些不中听的话。

男人突然"哇"地哭了起来。

大　哥

大哥是我的亲叔伯大哥,当年的大哥很是风光。

大哥会一手好裁缝。那年月,人们还很少买衣服穿,都是扯上一匹布做。大哥就学起了裁缝,一个大男人硬是学得心灵手巧,他会把用剩下的碎布给你缝成一个精致的小书包。我就曾荣幸地挎过大哥做的书包,把班上的小女生羡慕得要死,只因它华丽奇巧,被男生们称为女生专用,我不得不重又使用起了塑料袋。说实话,我从不认为那个书包不好,到现在我还一直想着那个书包,要是到了今天肯定能成为畅销货。

后来,做裁缝就不行了。人们兜里的钱多起来,再也不想穿那些手工做出来的衣服了。市场上卖的衣服无论是样式还是价钱都让人们趋之若鹜,尽管大哥很努力,也无法挽回生意的惨淡。但只要是大哥的顾客,没有不替大哥惋惜的,只是连连摇摇头:现在不兴这个了,不是你手艺不行。大哥更是十分自信:那当然,不然我哪会娶上阿梅。阿梅是我大嫂,因为大嫂看上大哥的手艺才嫁给大哥的。

人还得活下去,大哥又动开了脑筋,转行做起了厨师。大哥就有这个能耐,做什么事儿都有个钻劲,在我远房亲戚开的小面馆里干了两年,居然混到县城里的大酒店里当大厨。那时,大厨还少,老板对大哥都得敬三分,大哥每天都把酒店里的辣椒炒了做成酱,一顿饭能吃上半瓶,往往是他一个人吃独食,伙计们只有眼巴巴地瞅着的分儿,有伙计提意见,不免会受老板一顿训斥:有本事你给我炒两个精品菜。大哥一下找到了由头,他对那些打下手的伙计说:你们能有我一半能耐,你们家就能发达了。这话也不算夸张。大哥一个月拿一千五,伙计才五百。大哥在村子里第一个置起摩托车。村子里的人都笑骂:你个烧包!骂完,心里就泛起酸水。

好景不长,几年后,厨师也像雨后春笋般遍地都是。听说邻县的人都到首都去学厨,现在被称为"厨师之乡"了,学成之后,就一窝蜂似的涌进了我县,把酒店老板乐晕了,厨师的身份一下子就成了二手手机不值钱了。大哥很快就脱离这个行当,洗手不干了。村子里的人换了说法:那个老大,脑子管用,饿不着的。大哥听了很受用:你们知道吗?是我炒了老板鱿鱼的,树挪死,人挪活嘛。

  我上学毕业不久,在我们当地做老师。突然就想起大哥,一打听,有人告诉我大哥在城里当经理呢,自己开公司当老板。我不由得连连赞叹:大哥就是大哥,难怪我父母一直说,你们要是混成你大哥那样就好了。说这话,不是因为我父亲受过大哥的"贿",去年年底大哥给他买过一个手机,我知道这话完全发自肺腑,大哥一直是我们这些面朝黄土背朝天的父辈们的骄傲。

  没等我去看望大哥,大哥先来看我了。我连忙要去买烟,大哥摁住我,从兜里掏出"大中华",递给我一支,我摆摆手。递给父亲一支,乐得父亲脸上绽开了花。大哥对我父亲说:我这兄弟出息了,都大学毕业了,我想请他趁着节假日帮我点忙。父亲一脸决然:让他去,让他去见见世面,上学都上傻了,啥事都不懂。大哥走时又对我说:不抽烟哪行?烟是敲门砖,活络感情好办事。说完,开着自己的面包车走了。

  大哥是让我给他上网查资料,搜集信息。他和大嫂是一对电脑盲。我问大哥做啥生意,大哥回答很干脆:啥挣钱做啥!没几天,我就明白了,大哥做的是推销的活儿。主要对象是县里的各个单位。特别是逢年过节时,是大哥最忙的时候。又是送礼,又是送货。我的任务就是在网上给他找货源,大哥说:要找那些本地没有的货,比方说夜郎酒,我们这儿没有,给那些单位送去,进时8块,咱能卖到30一瓶,当然,其中还得给领导回扣。大哥真是精明啊,怪不得大哥在县城里都有住房了。

  有一年,我准备考研,业余就不再帮大哥搜集信息了,而是窝在家里埋头苦读。父亲骂我:你大哥上学只上到小学二年级,还不是照样发财,你学那个有啥用?我无语。有一天,父亲从地里回来,垂头丧气地直叹气。我问:出了啥事儿了?父亲说:人真是不可能一辈子风光啊。原来,大哥在城里倒腾酒时,不留神被人骗了,弄了假酒,差点致人死亡,有几个人现在还在医院里躺着呢。大哥也被送进了监狱,损失了一大笔钱,还判了几年刑。

等大哥出来,快五十了,再也经不起折腾了。家里的钱也都送了出去,不然大哥还得在里面待两年。回到家,我们自己家里的人都要去问候一声。大哥一见我们,马上来了精神头,说话的声音就提高了许多:这算啥事,没事,我经过的大风大浪多了,你们别为我担心,我转了一圈又一贫如洗了,人就是光着身子来的,走时攒那些钱也没有用。大家都说:这样想就好,这样想就好。

无论怎样说,大哥明显老了。听他说话的底气,没有看到一点颓废。我突然想到,这大概就是一个人的活法。

酒　为　媒

九月学校开学,让我担任一(3)班的班主任。没多久,国家的"两免一补"政策下来了,这是针对贫困农民的一项惠民政策。学校下了通知,要在几天内把这项工作完成,可以说任务急时间紧,主要的参考依据就是学生写的申请书,老师在核对时必须严肃谨慎,出了差错被查出来后果不堪设想。我们班的学生很快就把申请书交了上来,我逐一筛选,最后定下十五份申请让学校复查。其实,学校这一关就是走走过场,一般都不会出现问题。

课间和老师们闲聊,我无意中提到写申请的一位叫刘朋的同学。我说：这个刘朋家里真的穷啊，父母离异，家里负债累累。办公室里的王老师听后笑了，说：你要说他家穷，那全乡的人都是穷光蛋了。我惊问其故。王老师说：他家有几辆大车跑运输呢，只是听说最近赔了，可瘦死的骆驼比马大呀。我忙问：那他怎么说父母离异了呢？王老师说：私下大家都知道，想再要个孩子，是假离婚。我一听吃惊不小，这怎么可以呀？

我得亲自去刘朋家看看。

那天正好同事有事请客，我酒足饭饱后骑车来到刘朋家。一到家门口，把我吓了一跳：漂亮的两层小楼矗立在面前，哪有丝毫贫困的迹象？我摁门铃，开门的是个四十上下的男的。他看了看我，问干啥。我直言相告：我是学校的老师，你孩子的班主任，来调查一下家庭状况，确定"两免一补"的名单。男的很客气，把我让到里面，又是倒茶，又是递烟。我拿过递来的精"红旗渠"在鼻子旁嗅了嗅，这可是近十元一盒啊。我趁着酒劲儿说：你家的状况我看到了，你孩子可不能办那个"两免一补"，比你家穷的人多得很。那男的一看我要走，赶紧拦我说：孙老师，你等一下，你看我如今手头确实紧，要说那二三百块钱也不算啥，可孩子都报了，你就睁一只眼闭一只眼，给我们弄上得了。我一听急了：那可不行，有学生穷得学费都还没交呢，人家却不好意思办"两免一补"，你们有钱偏偏在乎。那男的一听似乎也恼了，吼道：在我们这儿，谁都得给我点面子，我看在你是我孩子老师的份上，我不动手，别惹急我，我到学校告你喝了酒来学生家闹事。我听了气涌脑门：我这个单身汉，一人吃饱全家不饿，你能把我怎样，我是按国家政策来调查的。正在我俩争吵得不可开交时，从他家二楼跑下一个姑娘，边跑边说：你俩干啥呢？换成往常，别看年纪都二十六了，见了大姑娘还不好意思看人家呢，同事们都笑我脸皮不够厚。可今天不一样了,那酒劲一上来,我把所有的斯文都抛到九霄云外了。我直愣愣地盯着这姑娘,心里不知怎么"咯噔"一下,这姑娘简直就是《神雕侠侣》里的小龙女啊。可我还是梗着脖子喊着:不合规定就是不行,你就是不能办。那小姑娘把那男的拉住了,说我喝多了,有事等明天再说。并把我也推出了门。

经过这么一闹,第二天一上班,同事们都知道了。王老师说:小孙,行啊,你胆子真大,那人是个二百五,乡里乡亲都绕着他走,你竟敢和他干上架了。我苦笑:要不是那酒劲,我哪能那样做啊。正说着话,有人来找我。我一看是昨晚那个小姑娘,她一见我立刻堆满了笑:对不起啊,我爸脾气不好,你别怪他,我来一是向孙老师道歉,二来告诉你我兄弟那"两免一补"的事就按规定办,我们也不能搞特殊。随后,硬拉我去吃饭,把我臊得满脸通红。

后来碰上她几次,都是打声招呼就过去了。直到有一天,王老师说给我说个媳妇。我对这个都习以为常了,就点头同意了。等见了她我一下子喜不自禁,谁啊?就是那个小姑娘,我的学生刘朋的姐姐!王老师说:人家相中你正直勇敢,有魄力,是个值得托付一生的人啊。看着眼前亭亭玉立的她,其实我对她心仪很久了,只是不好意思开口,我本打算瞅个机会求求王老师的,不曾想让她抢了先。

中秋节前,我和她约会,她要我去她家。我问她:万一你父亲不同意咋办?她俏脸一仰:你再喝醉酒去,哼,他在你面前也得矮半截。

我笑了,紧紧抱住身旁的她。我还真得感谢那次醉酒的经历呢。

打　药

刚下过一场大雨,碧空如洗。

一辆小车像只甲壳虫行驶在田野间的一条小路上,"嘎吱"停在一块田旁。

田里胡老汉正在给黄豆打药,他熟练地闪转腾挪,像跳舞一样。药雾洒在黄豆叶子上,叶子打着战,像摇篮里的婴儿。

车里下来一位年轻人,西装革履,但眉宇间透着忧虑。

认识。胡老汉用眼的余光扫了一眼,刘家小三子。

一段往事浮现在胡老汉眼前。

胡老汉的老伴前年谢世。他老伴是被气死的,准确地说是喝药死的,只是和人吵了一架。对方就是这个刘家小三子他娘,他娘嘴上功夫了得,得理不饶人。

那天,胡老汉的老伴去地里打药,看见地里有头猪在拱旁边地里的红薯。她不依,从路旁拾起一块鹅蛋大小的石块砸去,猪"嗷"一声蹿到旁边的黄豆地里了,胡老汉的老伴更急,石块接二连三地砸去,猪狂奔了几圈,斜刺里逃了。

猪是刘小三家的。这情形被刘小三他娘看个正着。

刘小三他娘就骂:哪来的贱货,不懂打猪欺主吗？死不要脸!

越骂越上劲,脏话就如江水奔流而下,滔滔不绝。

胡老汉的老伴是个外来户,平日里老实巴交,哪受过这等欺辱,一急一上火,就喝了药去了。

胡老汉没有到刘家大吵大闹。农村，妇人们之间吵嘴本就是稀松平常的事情！

胡老汉不记仇，这让刘家的小三子对他刮目相看，见了面总是"叔、叔"叫得挺亲。

刘家小三子从小在外面上学，毕业后进了乡政府，不几年竟成了乡长。他很少回家。只在农忙时节才回家。带一帮人把自己田里的活儿干完，还不忘把胡老汉家里的活儿也做一下。

换句话说，他是佩服胡老汉"肚里能撑船"！

叔——

一声喊把胡老汉拉回到现实中来。

哎！胡老汉答应着。

叔，现在打药不早？

不早，胡老汉接茬，打药得趁早，等害虫开始祸害庄稼就晚了。

能有啥虫呀？您有点大惊小怪啦。

不敢马虎啊，往年减产不都是大伙掉以轻心了吗？

再说现在科技这么发达，改天我给您带点好药。

不用，等虫子成灾了，什么灵丹妙药都不灵了。

这话像记重槌击打着他。他愣愣地站在地头，呆若木鸡。

几天前，刘小三在乡政府办公室里收到包工头黑子一万块钱，答应这位包工头承包池砚村的大桥，这是他第一次收受贿赂，心里一直忐忑不安，平静不下来，才决定回家一趟，好平复一下心情。正好碰上胡老汉在地里给庄稼打药。

谁都知道黑子黑心，在外面承包工程出了事，才回家的。他在村里逢人就讲，他要承包村里的大桥了。

胡老汉见刘小三不吭声，就又说：人，也得经常给自己打打药啊,除除身上的虫害。

刘小三一激灵,惶惶然"唔"了一声。打了声招呼"叔,我先回了。"就钻进小车朝原路返回了。家都没有回。

胡老汉看着小车绝尘而去,口中喃喃:我总算把你等到了。

给你说个秘密

林兴在城里棋盘街开了一家电器行,生意一直不景气,他又不甘心关门,成天窝在店里想主意,他梦想着有朝一日能成为这条街上首屈一指的大亨。他刚看了《新上海滩》,很佩服里面的主人公许文强和丁力,能从一个小混混一跃成为上海滩的名流。可今非昔比,又不能动刀动枪地去抢地盘,想着想着,还别说,真让他想起一个绝妙的好点子来。

这天,店里来了一位买电器的小伙子,说是马上要娶媳妇了,转了好几个地方,价钱都太贵,一时没找到中意的,就过来这边看看。林兴一听,喜出望外,这可是一档大生意,娶媳妇的电器置办齐了,也能让他发笔小财。小伙子看来看去,问这问那,林兴都一一作答,看得出来,小伙子对商品很满意,就是担心质量有问题。林兴把小伙子悄悄地拉到角落里,把嘴凑近小伙子的耳朵,神秘地说:"老弟,你看我这儿卖的都是名牌,但我可以给你优惠价,我给你说个秘密,你到外面千万别乱说。"说着,林兴又压低声音说:"我这儿是为别人代卖的,你知道吗?都是人家顺手牵羊偷来的,质量有保证,完全是十成新的,价钱比其他店里要便宜得多。"林兴的话刚说完,他就发现小伙子的双眼眨了眨,脸上的笑意荡漾开来。不错,林兴一句话,正中小伙子的软肋,他的家境不好,讨了个媳妇,人家提了条件,要家用电器一应俱全。林兴果不食言,把小伙子要的电器压了价,一桩生意竟这么做成了。

林兴一下子像吃了兴奋剂,他乐得手舞足蹈。尽管自己少赚了许多,可这薄利多销,自己的窘境很快就会得到改变。

快过年的时候,他乡下的邻居王大爷闺女要出嫁,来买嫁妆。林兴一下子给他便宜了好多,走的时候,王大爷悄悄地问林兴:"大侄子,听说你这里还干些销赃的事儿?"林兴一听头摇得像拨浪鼓,说:"我给你说个秘密,那纯粹是一种营销策略!你看,我给你的电器都是十成新的,像赃物吗?"王大爷还是有点不放心:"我可是念在咱是邻居的面子上来的。"林兴拍着胸脯:"你放心,有质量问题,你只管送来,我给你三包,哦,把票据都拿好,这下你总算放心了吧。"王大爷走的时候,还是一步一回头地看林兴。林兴心里那个美呀,看来自己名声在外哩。

紧接着,林兴又做成好几单生意。快过年了,这一段净忙活了,好长时间没去看老爸和老妈了。林兴特地到老人服装专卖店里给父母买了雅鹿羽绒服,抽空回了一趟家。把老人乐得合不拢嘴,特别是老父亲"革命"了一辈子,还没穿过什么像样的新衣服呢。吃过饭就出去找棋友显摆去了。

到了年底,应该是丰收的时节,林兴做好了打"硬仗"的准备。可是这天来了几个特殊的顾客。为首的是位胖子,他们都戴着大檐帽。胖子对林兴说:"你涉嫌给小偷销赃,我们得到举报,跟我们走一趟。"林兴额头上冒了汗:"我这可是正规做生意的,证件齐全,你看货物都是全新的。""销赃的都这么说,你这是挂羊头卖狗肉。"最后,林兴缴了两万块钱才被放了出来。林兴恨得牙直痒痒,他暗暗发誓,要是让我知道是谁嫉妒老子告了我的状,我非把他大卸八块不可,这些大檐帽也无非是借机敲诈,晦气!林兴合了合账,半年来等于一分没挣,又回到了起点。

林兴的情绪低落了极点,灰溜溜地回了家。来到村口,王大爷火急火燎地迎上来,哭丧着脸说:"大侄子,我等你几天了,心里一直堵了个疙瘩,我给你说个秘密,你可要挺住了。你那事是你父亲报的警。也怪我,我俩下棋,我输了,我看不惯你父亲那得意样儿,还说你给他买了名牌衣服,说你发了大财。我气不过,就把听说你是给人销赃的事给他说了,他是个认死理的老革命,非要给你个教训,我拦不住,就出了那档子事儿。"

林兴一听,像吞了苦胆。看来这做生意,真像当初自己进城时老父亲说的那样:做生意是个动脑筋的活儿,可万万不能动歪脑筋啊。他一下又犯了愁,这要是见了爹,头上不被笤帚敲出几个小疙瘩才怪哩。

绝　　戏

每接拍一部新戏,郭导都要亲自下去物色主要演员,特别是男女主角。幸运的是,这次男主角早早地就敲定了。遗憾的是,女主角却迟迟没有定下来。作为他的助手,我不得不善意地提醒他:郭导,我们不妨退而求其次,我们耗不起时间啊。

郭导一脸决然:找不出满意的人选,我就不拍!

郭导是个顽固而执着的人,擅长导演战争题材。这次,他改弦易辙,导演一部现代都市题材的偶像剧,关于青年恋爱的,特别能赚人眼泪。他想借此来冲击时下的娱乐市场,奠定自己在娱乐圈坚不可摧的名导地位。

我不得不再次提醒他:郭导,我们已经耽误了好几部戏了,我们得吃饭!

郭导心里像吃了秤砣似的,他摆摆手不耐烦地打断我。

郭导正心乱如麻,物色了几个人选都不如意,要么素质挺好,长相却相差甚远,好不容易觅得长相优越的,一张口又显得没多少涵养,甚至有个别的连普通话的字音都拿不准。这几天,他整个儿变成了一只昼伏夜出的蝙蝠,夜幕降临后就去舞厅、歌吧寻觅猎物。才三十几岁的年纪,几根银丝就悄悄爬上了他的后脑勺。

这天,我和他到商场为剧组购置一些日常用具。在商场门口的大柱子上看到一则演出启事,有好几天了,风刮雨淋有些字已模糊不清。郭导看得极认真:兹定于8月26日在回春保健院游艺室演出,望各界市民踊跃到场观看。落款是"同乐歌舞团"。郭导抬腕看表,今天就是8月26日。我问他,去看吗?郭导沉思片刻说,当然要去,走,去看看。回春保健院其实就是个精神病院。落款署名的"同乐歌舞团",我也略有耳闻,它是一个群众团体,吸纳的都是原来市歌舞团下岗职工或社会上的文艺爱好者,比响器班的水平高些。回春保健院就在商场隔壁的胡同里,没几步就到了。

现场是一派热闹景象。游艺室面积不大,挤得满满当当。我和郭导找了个位置刚站好,观众群里爆发出一阵暴风骤雨似的掌声。我们驻足观望,一个年轻的女孩子正在台上为大家跳芭蕾。跳的是《胡桃夹子》里那段有名的双人舞。女孩没有舞伴,她独个儿跳,但每一招每一式都是那么娴熟和投入,她那神圣庄重的神态分明让大家感受到了她的另一半的存在。她的目光清澈而高远,面孔圣洁而动人。郭导看着看着冲我直点头。我明白郭导的意思,他以前也搞过芭蕾,后来不知为啥转了行,是个懂艺术的人,他发现人才了。郭导带头鼓起掌来,观众也跟着一起鼓掌。舞蹈结束时,女孩单腿旋转,之后很专业地谢幕。

郭导盯着那双淡粉色的芭蕾舞鞋,又忘情地鼓起掌来。

就是她了。郭导兴奋地手舞足蹈,禁不住喊出声来,真是"踏破铁鞋无觅处,得来全不费工夫"。

我和他去找歌舞团的领队。那领队听完我们的话,头摇得像拨浪鼓:我也正纳闷呢,我们团里没这人,以前我们也碰上过这种情况,十有八九是他们院里的文艺爱好者,你们去找院长问问。

那位院长听完我们的来意后,眉头紧锁,面色沉重,说:只怕要让你们失望了。

郭导赶紧上前解释,并保证一定完整无缺地给送回来。

你们误会我的意思了。院长说,你们也别着急,听我说完再作决定不迟。那个姑娘是我们院里的一个病人。来之前是跳芭蕾的,在省里获过奖。后来和自己的搭档耳鬓厮磨日久生情,哪料她的搭档在占了她的便宜后找了个冠冕堂皇的理由远走高飞了。女孩就成了这个样子,一遇上文艺演出,她的芭蕾就成了保留剧目。可怜呐——说完,院长直叹气。

透过窗口往外望,那个女孩正站在屋檐下向远处的一棵临风玉树凝望,兀自呆呆地出神。

从院长室出来,郭导突然变得沉默了许多。

最终,那部戏也搁浅下来,因为郭导改变了主意。他说了一句莫名其妙的话。他说他不愿把别人伤心的故事搬上荧屏供大家消遣。谁也没有想到事情的结局会是这个样子,他可是个导演啊!

给人当爹不容易

过完年,王老根发了狠心决定外出打工。家里的积蓄已被儿子结婚"洗劫一空",他的任务还没完成呢,女儿还待字闺中,陪送嫁妆还得一笔钱。尽管女儿不在乎地说,不指望他王老根贴补,可他是个要强的人,他要让女儿风风光光地出嫁。他提出的理由很充分:因为同村的刘二憨也出去打工了。刘二憨五十多了,家里也没什么负担,他能去我就不能去?王老根还"记恨"过年时刘二憨给乡亲们让烟的那得意劲儿呢。

过了初八,王老根就随同村的小伙子们出发了,到了半路,王老根就和大家分开了。他看出这些小伙心太高,一心想挣大钱,对打工还挑挑拣拣的,不切合实际。他听说去南方打工容易些,于是直接向南方奔去。

到了南方小城,王老根才感到出门的不易。他在路旁的人才市场待了整整一周,还没有一个顾主前来问津。口袋里的钱也花得差不多了,眼前就得饿肚子,急得他像只热锅上的蚂蚁。这天,他朝地上的小水坑瞅了瞅,竟看到自己胡子拉碴的,衣衫褴褛,与乞丐无异。他的心一酸,泪差点没掉下来。

这天,他啃着一块烧饼来到路旁,瑟瑟缩缩地蹲下来,木然地看着远方。"你来找工作吗?"一个声音似天籁在耳畔响起。他一愣怔抬起头,面前不知何时站着一位年轻人,白白胖胖的,保养得挺好。"是啊,需要我做什么吗?"他赶紧怯怯地应答,心里掠过一丝惊喜。接下来的事情让王老根更是喜出望外。

那人一把拉过王老根,来到一偏僻处。压低声音说:"给你瞅个好活,你干不干?""啥活儿?"他有些等不及,心说城里人说话咋扭扭捏捏的。"你给我当回爹愿意吗?"一句话把王老根震住了。这可是个稀罕事儿!看他犹豫,那人说:"要是不愿意我另找人。"王老根急忙上前拉住他,这人斜睨他一眼,王老根的手像被火燎似的松开。这人才说:"一口价,用几天算几天,一天三十,不用干活,就给我当爹。"王老根不知对方葫芦里卖的什么药,唯唯诺诺地答应了。

来到这位年轻人家里,王老根才知道这人是一个人住,二楼,屋子门口还挂了个牌子:××县鼻下头乡诚信建筑公司。年轻人把王老根让到屋里,说:"从现在起,你就是我爹了,衣服还是这套衣服,吃的到时候我会给你送来,但你不管遇上啥事,就只当没看见,别理人家就行。"王老根生怕这得之不易的活再丢了,哪还敢说上半个不字。这人对他的表现很满意。

当天下午,王老根正坐在屋里发呆,门口响起敲门声。他把门打开,门口站着一个穿着和他差不多的民工模样的人。这人看了看王老根问:"这是胡经理的办公室?"王老根不知道胡经理是谁。这人朝门口的招牌看了看,自言自语地说,这是胡经理的办公室。"你是谁?"这人反问王老根。王老根张口想说自己也是打工的,一下醒悟自己是来当爹的,就说:"我是那胡经理的爹。"说出来,王老根心里暗自好笑。那人眼里蒙上一层阴影。这时,从楼梯上来那位年轻人,看见王老根和这人正在说话,忙抢先说:"你干什么?别吓坏我爹!他可是乡下来的,没见过大世面。"只见眼前这人"扑通"跪下:"胡经理,你行行好,我年前给你干的那活,工钱可以给我了吧,只有三百多块,对您来说不算什么,可我半个月没找到工作了,这对我来讲是救命钱呢。"王老根看了看眼前的年轻人,年轻人不为所动,嘴皮子一抬:"你困难,我也困难,你没看我连年都没回去过吗?我爹千里迢迢赶过来,我连一身衣服都没给他买。"一句话好比灵丹妙药一般,这位民工模样的人就像泥雕木塑的菩萨没了言语。这位年轻人叹口气:"我也是没办法,我也没要到钱,我也是穷苦人出身,咱都是一家人呢。"那人看看王老根,低垂了头:"胡经理,那——那我过几天再来看看。"等这人走后,胡经理脸上浮现出一丝不易察觉的笑容。

回到屋里,年轻人显得很高兴,从口袋里掏出一张五十元递给王老根,得意地说:"开局不错,你就给我守着,不该说的话别乱说,一切听我的。"王老根心里就拧成了一个疙瘩。

还好,第一天就这样过去了。王老根得了五十元钱,他就想在城里打工钱还是很好赚的嘛。

第二天,就大大出乎王老根的意料了。来了一群人,模样和昨天来的差不多。一进到屋子就给这位胡经理说好话:"胡经理,咱的工钱得算一算了。""胡经理,过年我都没回家,你可怜可怜我们吧。"王老根鼻子一酸,新社会了,这不又是杨白劳碰上黄世仁了吗?胡经理一把拉过王老根对大伙说:"我容易吗?当初把大家集中起来,那不是找活容易些吗?现在钱要不回来,我也没办法,我不也正在想办法吗?你们看,我爹老实巴交地从乡下跑来看我这个过年都没回家的儿子,我——"说着说着,这位胡经理抽泣起来,突然又大吼一声:"我是个不孝儿子啊——"

这一声把大伙儿的声音都盖住了,全都被胡经理的孝心感动了,一个个默默地走了出来。

人一走,胡经理就对王老根说:"你这两天做得不错,我一天给你五十,这两天我就要离开这里,工钱我会一分不少给你的。"王老根看着眼前慈眉善目的胡经理,终于鼓足勇气问:"他们都是给你打工的?"胡经理哈哈大笑:"是啊,像你一样,一个人不好找工作,我把他们集中起来,给他们找活干。集中优势力量嘛。"他把毛主席的兵法都用上了。胡经理好像意识到什么,他警惕地看看王老根,说:"你干你的活,我把你当爹供着,不会让你白干的。"

当天下午,又有人敲门。胡经理正在睡大觉呢。王老根把门打开,是又惊又喜,进来的是老乡刘二憨。胡经理睁眼看到眼前站着的刘二憨,就吵起来:"要钱没有,一个子儿都没有。你没看我爹都穿着乞丐的衣服吗?"再往后看,吓了一跳,后面还跟着两个大檐帽。

只见刘二憨指着胡经理说:"就是他!"两名警察上前抓住了他。胡经理想争辩,却不明白是咋回事,王老根也愣住了,不知发生了什么事。

刘二憨走上前来,问王老根:"你——你不要紧吧?"王老根瞅瞅刘二憨,等刘二憨把话说完了,才明白是怎么回事。

原来,昨晚来的这伙人里就有王老根的老乡刘二憨。刘二憨认得王老根,太熟悉了,烧成灰他也认得这位老伙计。难道王老根也是来找工作的,可这胡经理怎么叫他爹呢?要不就是……他不敢想了,他怕王老根被面前的这位胡经理挟持了。他回去想了一夜,天不亮就报了警。

一切真相大白了。经审讯,这位胡经理是专门诈骗农民工的。他把从外地来的民工集中起来给一些工地打工,等他要了钱,就逃之夭夭了。在要钱这段时间里,他利用大伙的善良,顾来民工冒充他爹千方百计地拖延时间,然后就携款逃走。面对眼前的警察,胡经理蔫了。

等王老根把自己的遭遇讲完,刘二憨不好意思地对王老根说:"对不起老弟啦,既耽误你当爹,又耽误你挣钱。"

王老根真诚地说:"你是想让我和他一起当诈骗犯啊。"

说罢,俩人都哈哈大笑起来。

拯　　救

这天,黄总正在和网上的美眉热聊,公司的办公室主任刘和慌慌张张跑进来报告说,他儿子黄小伟正在大街上乞讨。黄总一听,额头上拧成一个疙瘩,心说:这小子没王法了,不给他钱就想出这个法子羞辱我。黄总强压心头的怒火,问:"他现在在哪儿?"刘和结结巴巴地说:"在市中心路呢,人来人往的,我让他来他不来,还说就是要败你的兴。""走,去看看。"黄总倏地站起身,跟刘和出了门。

不知怎么啦,黄总的这个儿子黄小伟近段时间迷上了网聊。前不久他的班主任王老师还专门找到黄总,让他不能只顾生意,而不管儿子的学习,眼看着就要升初三,再这样下去孩子就毁了。当时,黄总气得七窍生烟。他把黄小伟叫来狠狠地训了一顿,给儿子讲自己创业的艰难,大道理说了一大堆,可黄小伟像吃了秤砣。等黄总发完脾气,黄小伟把手一伸:"爸,给我钱!"整个一个对牛弹琴,你说气人不? 于是,黄总决定断了黄小伟的经济来源,你不是拿钱去上网吗,不给你钱,我看你拿什么上网?黄总为自己的算盘还悄悄得意了一番。自己的儿子他多少还是了解一些,黄小伟断不会去偷窃抢劫,自己正得意着呢,刘和进来报告黄小伟在大街上乞讨,你说气人不气人?

来到中心路的繁华地段,黄总一眼就看见儿子黄小伟被一群人围着。他拨开众人挤进去定神一看,把他的鼻子都气歪了。只见黄小伟跪在地上,面前铺着一张红纸,红纸上用粉笔写着四个大字"卖身葬父"。下面一行小字:可怜可怜我这个无父无母的孤儿吧!旁边围观的人正在议论纷纷。"这孩子写的字挺好!""新社会了,咋还有卖身葬父的事儿呢?"……小兔崽子,你咒你老爸快点去死啊,真是武侠小说看多了!黄总看着眼前耷拉着脑袋的黄小伟,恨不得扑上去揍他两个耳光,可转念一想,大庭广众之下,这个儿子要是故意不认我,说不定会惹众怒的。黄总强压心头的怒火,从口袋里掏出五十元钱扔在儿子面前的红纸上。儿子头也不抬,口中一劲儿地说着"谢谢叔叔,谢谢叔叔",然后一转身,攥着钱直奔旁边的"迷你网吧"去了。黄总见此情景是又气又笑,围观的人"嘘"一声,嬉笑着散开了。刘和悄悄问黄总:"我跟着去看个究竟?"黄总摆摆手:"这还用看吗?事实明摆着,迷上网络啦。"说完,长叹一口气。

黄总是深谙人的心理的,他知道强行把儿子拽回去,也是治标不治本,他还会偷跑出去的。何况儿子早有防备,也很难发现他在干什么。要不说黄总精明,一个从乡下来的小公司,来到城里不几年资产翻了几番,如今已是市里知名企业了。为了让儿子能有更好的教育,把儿子接到城里,上了重点中学。儿子的成绩一向都是他的骄傲,哪料几个月前,儿子迷上网络,不光他急,儿子的班主任王老师也是三天两头跟他联系,想共同探讨一个拯救儿子的万全之法。

一天下午,黄总刚把电脑打开,黄小伟的班主任王老师就打来电话。"喂,黄总吗?我能耽误你一点时间吗?"那边传来的声音有些兴奋。"可以,可以。"黄总忙不迭地答应着。儿子的老师是位负责任的好老师,儿子迷上网络,她比他这个当爹的都急!王老师派了班上的"小间谍"跟着黄小伟。终于,黄小伟的班主任给黄总带来一个消息:黄小伟经常和一个网名叫什么狐狸的人聊天。这句话不啻一声惊雷,把黄总震住了。这小子搞网恋。王老师还说:"黄小伟在网上和那个什么狐狸经常说些令人脸红心热的话。"

得知此消息,黄总像只困在笼子里的老虎,焦躁地来回踱着步,思考着对策。要不把儿子送回老家,老家没有网吧,就能断了儿子的上网之路。这个想法在黄总的脑子里一闪现,他才蓦然惊觉好长时间没和家里联系了。家中媳妇为了照顾年迈的父母没跟他来城里,父母死活不愿跟他来城里享福。一想到这儿,他拨通了家里的电话,万一媳妇答应了,这可是一举两得的好事呢。

媳妇想儿子早想疯了,黄总一提这事,就获得批准。黄总把放学回家的儿子叫来,讲明了自己的意思。黄小伟先是木然地听着,听完沉思了一会儿,好像下了很大的决心,点头同意了。不过,他提出一个条件,等过两天再走。

黄总马上要和儿子分别了,也很有些舍不得。他心里还"记恨"着那天儿子"卖身葬父"的事呢!他与儿子进行了最后一次促膝长谈:"你真的那么恨你老爸吗?恨不得咒我去死吗?"黄小伟不吭声。黄总没办法,语气又成了老生常谈:"儿子,我让你回老家,我想救你,你陷入网络这个泥潭太深了。"黄小伟眼里突然有了泪水,他掏出一封信丢给了黄总,抽泣着回自己的房间了。

黄总看着儿子的背影,展开信仔细一看,顿时目瞪口呆。信上写着:

爸爸:

　　我知道您是个大忙人,也是个一条道走到黑的人,认准了的路就会坚定不移地走下去。这是您的优点。我怕这会成为您的缺点,我真的害怕有一天会失去您。一次,我偶然地在您的电脑上看到您的聊天记录,知道您正在和一个叫九尾狐狸的人聊天,也知道您和这个人关系很不一般。于是,我就千方百计地上网,和这个九尾狐狸联系,我把我们的聊天记录全都打了出来,您看后就明白了。她不过是一个骗子,专门骗一些成功商人的骗子。您会丢下我和妈妈吗?

儿子于 11 月 2 日晚

信封里掉下一长串打印好的纸条。黄总浏览了一遍,额头上汗涔涔的。他抬头看了看电脑的屏幕,QQ 上的那个九尾狐狸正发来一个暧昧的飞吻表情。

黄总突然觉得头晕目眩,"啪"地把电脑断了电,面前成了黑乎乎的一片。

说 到 做 到

一连几天的连阴雨,忽然一下晴了,小许的心情也跟着晴朗起来。这天清早,他蹲在街门口吃饭,听邻居家李叔说乡里有个政策,对乡劳模要发补助啦。每月可领200元。小许当时兴奋得像捡了个大元宝,把碗往地上一撂,硬要拉着他爹老许去乡里办手续。

　　老许是劳模,并且两次获过乡劳模。这说来话长。4年前,为帮助贫困山区村子脱贫,刘乡长带领扶贫组到糊涂村大修致富路,号召各家各户出义务工。刘乡长还做了动员,说,我说到做到,凡在这次工作中表现突出的要评模,要有奖励。好多老百姓自愿加入到这场热火朝天的"战斗"中去了。老许就是其中之一。有次,他正干着活,把自己的千层底都磨破了,一个大石头蛋子把脚底板扎穿了,顿时血流如注。不多时,围上来许多人,劝他到一旁好好休息一下。老许把胸脯拍得山响,一副豪气冲天的样子,吼道:"别管我,干活要紧!"恰巧,刘乡长前来视察工程进度,把这一幕尽收眼底,当场拍板,完工后给老许评了模范,发了奖状。老许捧着红艳艳的大奖状,让邻家壁舍歆羡了好长时间,都说老许家的村提留只怕要免了,这奖状的含金量肯定不小!刘乡长也表态说,将来这奖状肯定会有用的。

　　不想很快走了刘乡长,来了胡乡长。他带领扶贫组来到村里一看,乖乖,这么好的田地咋都修成了路呢。这里没有企业工厂,平时就极少有车子经过,那些驴车走上面,咯嗒咯嗒直响。胡乡长说,浪费!然后,他动员大家要换脑筋,解放思想,他特别强调,我说到做到,对这次工作中表现突出的要给予奖励。他号召大家干些有收益的好项目,比如养鱼,能让村民尽快地富起来。几乎是一夜之间,路没了,取而代之是一股大建鱼塘热。路挖了,大家开始刨坑。老许不甘人后,又成了其中最活跃的一员。有天,挖出一块大石头,三四个人往坑外抬。放的时候,不知谁不小心,石头猝不及防轰然掉在地上,不偏不倚砸在老许的脚上,老许立时成了跛脚的鸭子,脚面肿起多高。这场景被乡里请来的一个记者发现了,一直没找到新闻素材,正急得挠头呢,碰上了老许的事。当即写了个小短讯发在了乡里黑板报上。胡乡长马上批示,让全乡人向老许学习不怕苦不怕累不怕受伤的大无畏精神。事后,老许又得了一个红艳艳的大奖状,上面的金字闪闪发光,直晃人眼。大伙儿又是一阵羡慕,七嘴八舌地议论,这奖状恐怕含金量不小,胡乡长肯定要动真格的,你老许说不定还能拿奖金呢。老许听了嘿嘿直笑。

老许有这个光荣历史,如今又碰上乡里的好政策,怎能不令小许心花怒放。可老许早已卧床不起,小许自己只好拿了奖状屁颠屁颠地去乡里办手续。

见到乡长办公室老周,说明来意,老周说这个政策是前任乡长定的,确有其事。你不知道,现在刚来了赵乡长,这事还得请示一下。老周掏出手机咿咿哑哑一通,放下手机,脸色也阴了不少。他对小许说,新乡长把我训了一顿,说那事纯属扯淡,糊涂村的事他最清楚,那些鱼塘早成了臭水沟,马上要平沟栽树,让你们村变成远近闻名的生态村。新乡长说,凡是在这次劳动中表现积极的,才可以领取补助,新乡长特别强调了,他说到做到。

小许的双腿不知怎么迈出了门,老周追上他说:"小许,你爹是干不动了,你要顶上去,好好干,争取在这次劳动中拿一张含金量最高的奖状,还愁领不到补助款?"

父亲的信

儿子要去做乡长了,一家人欢喜得不行。走的时候,全村人都来送他。老爹更是拉着儿子的手恋恋不舍,老眼流出了浊泪。木讷的爹嗫嚅半天老是重复着一句话:"咱老李家祖坟冒青烟了。"儿子知道,爹是高兴呢,心里发誓一定要把这个官当好,不辜负大家对他的期望。

很快,儿子就把乡长做得如鱼得水,开始飘飘然起来。前些天,包工头老胡来找他,要承包全乡的村村通公路工程,这可是个肥差。临走时,给李乡长的桌子上撂下一个红包。等老胡走后,李乡长打开红包,眼一下直了,里面平躺着新崭崭的50000块钱。乖乖,我这个乡长靠工资得几年才能挣过来呀,我老爹打多少年粮食才能换回这些钱?他心里直打鼓,一连几天没睡好。这天正在门口晒太阳,邮递员小刘风风火火地跑来了,来到跟前递给他一封信,扭头就要走。李乡长喊住他:"你不看看你爹?"小刘他爹老刘是李乡长的办公室主任。小刘说我还得赶紧送信去呢,乡长您忙。

李乡长拆开信吓了一跳,是父亲写的。很有可能是父亲找邻居二狗代写的,父亲不识字。信不长,写得歪歪扭扭:

儿啊,你爹身体好着呢,不用挂念,倒是我常常挂念你呀,怕你受人家的贿,要真是这样,我打断你的狗腿,跟你断绝父子关系。父字

李乡长拿着信愣着半天,父亲长着千里眼呢。自己的所作所

为都在他老人家手心里攥着呢。李乡长吓出了一身冷汗。

没过几天,又有一家承包商找到李乡长,这次没有给他送红包,而是把他请到了县里有名的"吃嘴精大酒店"。吃过饭,又请他唱歌,还找了两个浓妆艳抹的女人拉他去按摩。李乡长洗了洗澡,就偷偷地跑了。这两天,那位承包商一个劲儿地催他去县里玩,他心里开始痒痒起来。

巧的是,小刘又送来信了。还是父亲写来的,信不长,字依然歪歪扭扭:

儿啊,还是那句话,不用担心你爹,我一直担心你呀,怕你做出辱没祖宗的事,你要是真这样,我打断你的腿,你永远都别进老李家的门了。父字。

李乡长再也不敢有非分之想了。乡里的村村通工程经过竞标让一家信誉好的承包商承包了。

李乡长收了心,对工作勤勤恳恳任劳任怨。由于政绩显著,就要被提拔副县长了。他才感觉到好久没回家看看了。办公室主任老刘听说李乡长要回家看看,也想跟着去,说李家村是个风景区,早想去看看了。

来到家里,李乡长握着爹的手,激动地说:"多亏您老人家给我写的几封信,不然儿子没有今天。"

"啥信?"老李头头摇得像拨浪鼓,"我大字不识一箩筐,没给你写过信呀。"

一旁的老刘涨红了脸,说:"我来就是想把这事说清楚的,那信是我跟我儿子串通好的,儿子用萝卜刻了个咱村邮政所的章,我用左手写的,我劝你怕你不听,就借了你父亲的名义。"

等弄明白是咋回事,老李头一把握住了老刘的手,朝李乡长说:"儿啊,过来!以后你要待老刘比你亲爹还要亲啊!"

今天是你的生日

"小三儿,你啥时候回来?乡亲们都等着给你过生日呢。"电话那头又开始急切地催促了。郑乡长握着电话,心里感慨万千。过两天,也就是六月初八是他的38岁生日。想当年,他求学时,一到星期天,忧虑就爬上了满头银发的父亲那愁苦的脸上,父亲就佝偻着身子忙碌起来,开始走街串巷为他一周的生活费而求爷告奶。然而,在接下来的日子里就拼命在村子周围找活干。木匠、水泥匠、兽医都干过,挣了钱就赶快还债。每天都过得捉襟见肘,这几乎成了郑乡长上学期间最沉重也是最清晰的记忆。父亲让他赶快回去,大概是让他有点衣锦还乡的意思吧。也难怪,郑乡长生活的那个巴掌大的村子几十年了就出了他一个大官。郑乡长想到这儿,也有些莫名的兴奋。

回,一定回!郑乡长早下了决心。初八这天天不亮,他就醒了,洗漱完毕,就携妻带子叫上司机往家赶。一到村口,就有小孩子一边喊着"郑乡长来了",一边撒着脚丫子往村里蹿。等郑乡长来到家门口,就有人在等着了。他抬腕看看表,9点不到。下了车,他稳步向老屋里走。

抬腿进门,却发现早已有一些人挤在并不宽敞的屋子里,个个脸上笑意盈盈。60多岁的刘大爷慌忙从椅子起来,让郑乡长坐。郑乡长矜持了一会儿,就一屁股坐下来。这时,他爹从里间出来,满面春风地对儿子说:"你过来看看,大家对你多热情,给你送的礼（生日礼物）都堆不下了。"郑乡长抻着脖子朝里间瞅了瞅，可不是，饮料、鸡蛋堆成了一座小山。郑乡长哈哈一笑："大家真看得起我，你们肯定有事找我，有事尽管说话。"

刘大爷挤到跟前，对郑乡长说："小三儿，不，郑乡长，你是咱村的状元啊。我还真有一事相求，你那个大哥的儿子，马上就要成家了，可还没有房子，咱村主任说国家有政策不能随便占用耕地，就想让你给说句话。你大爷没什么成色，就把家里攒的50个鸡蛋给您拿来补补身子。"郑乡长的夫人看看鸡蛋上沾的屎，用手捂了捂了鼻子，好像那臭味熏了过来。

前院的李妈凑上前说："大侄子，你可得给我做主了，你那个玲妹，大学毕业了，找不到工作，你大伯想让她到咱乡办企业里去。也求你给说说话，你说话顶用。你妹子从城里买了几条烟，我给你放这儿了。"李大妈从胳肢窝里拿出两条烟，红旗渠"银河之光"。这能值几个钱？郑乡长想着，还没开口，就又人挤了上来。

这是儿时的玩伴，一块耍尿泥长大的小明，现在成大明了，胡子拉碴的。大明有些拘谨，嗫嚅着说："我身体不好，你能不能给咱找个轻活，给哪家厂子看看门也行，多少挣俩钱就行啊。"大明用手指了指地上放着的一箱露露和营养快线。郑乡长的胖儿子一听有吃的，就蹦跳着跑过来，一看噘了嘴，嘟囔着"咋不是杏仁露呢"。

…………

这期间，有人夸郑乡长的夫人年轻漂亮，有夸他儿子聪明伶俐的，好话说了一筐又一筐。郑乡长脸上一直笑眯眯的。临近中午，大家才都散去。郑乡长招呼司机从车厢里拿出鱼肉，还有一瓶五粮液，一条"大中华"。

这就是郑乡长的生日宴,参加者有爹、娘、夫人、儿子和他自己。郑乡长说:"爹,你咋不留刘大爷他们也来吃饭呢?"他爹看看他,你是大官,他们坐这儿会自在?

"那是,他们送的什么呀?全送上也不抵我拿的这箱酒值钱!"郑乡长没注意,他爹的脸阴了下来。

"城里有个承包商还要跟我谈事情,爹,乡亲们送的礼品就存在您这儿,好好补补,我拿回去也没处放,这次也没给您老买什么,就权当我送给您的。"郑乡长临走时愉快地对他爹说。他爹冲郑乡长的娘说:"他娘,我给郑乡长准备的礼物呢,拿出来,让他带上。"

郑乡长怔了怔,看着娘塞给他的礼物——一本发黄的日记本。然后,猫身钻进了车子。

路上,百无聊赖的郑乡长顺手拿起了日记本,翻开第一页,上面写着"送给郑乡长"。郑乡长摇摇头,爹越来越有意思了。他接着翻:

"××市发改委原总经济师孙××涉嫌贪污受贿受审

××团委原书记贪污受贿案开审

贪官×××与商人共用情妇 贪污受贿被判20年

信息委办公室副主任贪污受贿判14年

……"

这些都是他爹从报纸上剪下来贴上去的,前后有几十篇。光看题目,就让他触目惊心。看着看着,汗就从他脸上淌下来。

他掏出手机给家里打了个电话,让爹把乡亲们的礼物退回去,凡事都要按规矩办。

然后,他又与城里承包商打了电话,取消了约会,最后强调了一句:我们还是按规矩办吧。

又见黄花菜

太行山腹地有个名叫后爻的小村落。有一天来了一个野生植物考察组,临走的时候,考察组的组长单独找到村主任麦华,神秘地说:村后的山坡上有种植物开着黄花,是罕有的绿色野生蔬菜,不但营养价值极高,而且具有护肤养颜延年益寿的功效。你们要好好保护它。那位组长还递给麦华一小把。等那位组长走了,麦华才回过神来,敢情山里还长着宝贝哩。

如今社会上正流行一种热。吃鸡要吃土鸡笨鸡,说不喂饲料,对人的健康有利;蔬菜也要吃无污染的绿色的,尤其是野菜。这种既能当蔬菜吃又是良药的野菜就更加珍贵了。麦华把自己的邻居马强找来了,嘱咐他去挖一些尝尝。马强一阵风去了。

过了老半天,马强才从山坡上下来,冲麦华喊:村主任,那种黄花菜并不是很多,费了老鼻子劲儿了,还好,弄了不少。麦华看着马强怀里的黄花菜,说:物以稀为贵,要不,咋叫珍贵哩?两人在家里煮了起来,及至熟时,满屋子都飘起了肉香。怎么有股肉味,敢情真是好东西哩!马强兴奋地说。等入了口,麦华更是一个劲儿地啧啧:天下的美味莫过于此呀。麦华没少逮过山中的野兔野鸟什么的,和这些黄花菜比起来,似乎也逊色不少。没多久,就陆陆续续地有人开始采摘这种珍稀之物了。

不知怎么地,乡长知道了这事。那天,乡长突然大驾光临,把麦华吓了一跳,简直有点受宠若惊了。后爻村,这个穷乡僻壤之地,前几任乡长都没来过,乡长怎么来啦?没等麦华开口,乡长一脸灿烂地说,麦华,找到什么致富门路了没有?我来考察一下,如有,你如实汇报,政府会考虑援助的。麦华心里激动不已。乡长是来体察民情的。麦华赶紧把乡长让进了屋,说话间,就提到这种黄花菜了,麦华说得兴起,把那个组长的话添油加醋地又讲了一遍。乡长说我就是来考察的。麦华又把马强叫来了,说你赶紧想办法给乡长摘一些来,乡长是来帮咱致富的。乡长立起身谦让,说这怎么能行呢,啥事没办倒先吃上了。麦华把乡长摁在椅子上,说:您等着,一会就好。

没多大工夫,乡长就吃上了香喷喷的黄花菜,嚼在嘴里嘎嘣脆,像吃肉一样吃得满嘴流油。最后,乡长拍拍滚圆的肚子,挑起大拇指:宝贝!宝贝!乡长指示:迅速搞清这种黄花菜的生活习性,看能不能大面积种植。

几天后,乡长又来了。麦华以为乡长给他带来资金什么的。不料,乡长从车里搀下一位老态龙钟的老人,颤巍巍地走到麦华跟前,乡长介绍说:麦华,这是我老泰山。自从我上次吃了你的黄花菜后,一连几天都是神采奕奕,看来这玩意的确有延年益寿的功效,我老泰山的身体一直不好,我就把他带来了,一来看看这山中风景散散心,二来也让他吃点新鲜的黄花菜,你看……麦华立刻明白了乡长的意思。他示意马强到他跟前,嘀咕了几句,马强跑了出去。

麦华陪乡长和他老泰山转悠了一会,说了几个乡野笑话。正说至高兴处,马强跑来了。麦华一看,立即耷拉了脸,训斥道:你采的菜呢?马强一抹额头上的汗,上气不接下气地说:别提了,我回家说去采黄花菜,我爹非要跟我一起去。麦华接过话茬,厉声问:你爹都八十了,他凑什么热闹啊?马强说:我爹听我给乡长摘菜,他说给乡长摘菜就等于给政府摘菜,他是个老革命,非要去,我拦都拦不住。哪料,爬到半山腰,不小心掉了下来,腿断了,送卫生所了,嘴里还直哼哼,说没能让政府吃上黄花菜,吵着闹着要撞墙哩。麦华听了急得直搓手,连连说,你看这事弄的,你看这事弄的。乡长在一旁脸上青一阵儿白一阵儿,语无伦次地说,麦华,你赶紧去看看,我改日再来。

等乡长走远了,麦华冲马强一笑说:你去告诉你爹别装了,乡长都走了,一会你跟你爹来我这儿吃黄花菜,记住啊,都来。

捉　　贼

世事真难预料,一个14岁还尿床、17岁还鼻涕横流的山里娃,20年后居然会成为市里的高级干部,这不能不令人感到惊讶。随之而来的是,在家务农养猪、只会给猪打针的大哥就被调进市里的防疫部门工作,只签到不坐班,到月底照样支取工资。我们村巴掌大小,真正是鸡窝里飞出个金凤凰。

面对这只"金凤凰",村主任开动了脑筋,我们村一直未脱贫,如今出了个有本事的大官,就不能为乡亲们办点事儿?没想到这位姓贾的干部还真给面子,村主任只跑了两趟,捎了些家乡的小米绿豆,事儿就成了。在贾干部的关心和支持下,往村里通了一条白亮的水泥路。下雨天,人们也不用在泥泞不堪的道路上叫苦连天了。每年,农家里的粮食柿子都运到城里换成了钞票,乐煞了一村子人。大家都把感激写在脸上。

不久，农村合作医疗工作开展起来，贾干部特意回了一趟老家，还拿出 2000 元捐助给了村医李大脚。李大脚的院子立即成了村里人们关注的焦点，加了一个门楼，威武气派。让这个也给猪看病的李大脚感激涕零，一个劲儿地表态，说我一定把村里的乡亲们记在心里，落实在行动上。

后来，贾干部把老家的旧房子翻盖了一下。老少爷们念其恩情，纷纷赶去，扛石头砌砖……那场面之壮观之热闹都赶上过年了。新居落成，还在楼梯和房顶都安上了围栏，足有一人多高，银白锃亮，在阳光下闪闪发光。大家围住他家的房子啧啧称赞，都说这才像个当官的家。

这天清早，人们刚刚起床，贾干部他爹就在街上嚷嚷开了，说是有贼昨夜把围栏豁开了口，潜进来偷走了窗台上的一双好皮鞋。村主任闻讯火速赶来，对贾老爹拍着胸脯，说一定会尽快破案，把凶手缉拿归案。贾老爹不依，就给儿子打了电话，贾干部问：咱家的狗叫了没有？他爹说没听到。贾干部急了：狗没叫说明了啥？说明了是熟人干的，千万别报警，得注意影响。贾干部把"影响"二字音儿拖得老长，贾老爹似懂非懂。他从屋里踱出来，朝院子里傻愣着的村主任说：三条大狼狗没有叫，怕是自己人干的。村主任说：无论如何都得给您讨个公道，贾干部是咱村的大恩人呐！不过，村主任也挺纳闷，贾干部会惹上谁呢？

第二夜，村主任就带领村里的联防队亲自蹲点监守，发誓必要擒住偷鞋贼而后快。12 点刚过，就见一个黑影猫似的从房后的树上下来，在一个树杈坐稳掏出一个钳子钳了几下，又从后腰抽出铁棍撬了几下，就有个口钻了进去。村主任暗自思忖，这个贼胆子怎大，一天不隔又来偷。一干人看得真切，村主任大喝一声，几个人一拥而上，把钻进半截身子的贼摁在房顶上，接着一阵拳打脚踢,拉下来到灯底下一看,全都傻眼了。那贼不是别人,是贾干部的小舅子阿强。

村主任支支吾吾地问:阿强,看你平时挺老实,啥时做了贼,还学会偷东西了?

阿强一副大义凛然的模样,口中振振有词:咋了?我就是要给我姐夫提个醒,怕他把事做绝,他为啥只把路修到他自己家门口,为啥暗中交代李大脚要特别照顾他爹娘,为啥要在屋顶安个铁栅栏,防谁呢?一连串的发问击得众人无言以对。阿强又盯紧村主任说,我知道他肚里有几个弯弯绕,就是再多养几条狗也没用。村主任感到脸火辣辣地烫。听着阿强义正词严的一席话,有人悄悄为他竖起了大拇指。

此刻,贾老爹正躲在屋里给儿子打电话,一个劲儿地埋怨:儿啊,我跟你说过多少次了,你不要瞧不起你那小舅子了,他好歹不是个外人!

请个记者来帮忙

文强把车子冲洗一下就上路了,这趟接了个远活,到市郊的秦家庄接人。文强开着自己的车子,心里说不出的舒坦,一个字:爽。当车子驶出北环路时,文强看到马路旁躺着一个老太太,地上还有血迹,文强立刻明白这儿刚发生了车祸。他赶紧停下车,老太太正呻吟不已,一个劲喊痛。文强连忙给秦家庄打了电话,说可能要晚些去,要不让对方另找车。对方一听文强遇上了车祸,"啪"地挂了电话。文强顾不了许多,忙把老太太抱上了自己的车,急奔县医院而去。

快到县医院时,文强突然想起前几天碰见儿时的哥们李波,李波现在是报社的记者,这段时间没有挖到有价值的爆炸性新闻正叫苦不迭呢。文强心说:这事说不定会有重大意义,最起码也可以唤起人们的社会良知。想到这儿,文强连忙给李波打了个电话让他过来。李波在电话里说:文强,你是不是做好事,想让我给你宣传宣传?文强生气了,说:真是狗嘴里吐不出象牙,我可想帮你,你爱来不来!说完,"啪"地挂了电话。

到了医院,老太太已经昏迷不醒,一阵手忙脚乱,终于把老人放到病床上准备动手术。这时,医院有人来催交住院费,说:若不交,手术只怕动不了。不得已,文强把自己积攒了半年打算今天抽空还朋友的2000块钱先垫上了。等一切稳定下来,文强蹲在地上直喘气。这时,外面一片嘈杂,接着进来一高一矮两个人,高个子满脸横肉,矮个子短小精悍。一瞅见文强,"短小精悍"就指着他对"满脸横肉"说:哥,就是他!"满脸横肉"像阵旋风刮到文强跟前,用手揪住他的衣领,问:你是司机?文强点点头。那你说是公了,还是私了?"满脸横肉"又问。文强一愣,说:什么公了私了?"短小精悍"在旁边嚷:你把我娘撞了,怎么想要赖?好多人都看见了,我赶到时,你刚走。文强明白了,忙解释:这是个误会……"满脸横肉"和"短小精悍"打断他的话,说:你们司机都这德行,有事了找借口是不是?文强气得浑身发抖,嘴角乱颤,语无伦次:你们不分青红皂白——冤枉好人!你们——这是讹钱!两个人使了使眼色,把文强拉到一边,说:你不要嘴硬,要不然咱报警,我可对你小子说,报了警可没你好果子吃,判你三年两年的,老婆怎么办?孩子怎么办?这么着吧,我们也不多要,住院费和

医药费 2000 块,再加上精神损失费 3000 块,一共 5000 块,就当这事没发生过。文强一听差点没气晕过去。正在不可开交的时候,外面传来警笛声,那两个人总算没有动上手,此时的文强已是全身汗津津了。真是谢天谢地,不知是哪位好心人报的警。

　　文强正寻思着,从车上下来几名警察,其中一个上前盘问。文强和那两人争执了老半天,警察才了解到一点情况,马上做出了初步的处理意见:先把文强的车子扣下,把文强带到局里进行详细询问。文强一听彻底傻眼了。就在这关键时刻,哥们李波不知从哪儿钻了出来,忙拦住说:我可以出示证据,文强不是肇事司机。就完,李波从手提包里取出摄像机来,这才帮文强解了围。

　　文强擦擦额头上的冷汗,握紧李波的手说:你真是帮了我一个大忙,要不然,我就是跳进黄河也洗不清了。

　　李波"嘿嘿"笑了,然后一本正经地说:其实,你给我打电话时,我就在你车后,早把你拍进去了。我谢谢你才对,是你帮了我一个大忙,这是极好的新闻素材呢,说不定还能掀起一场大讨论呢。以后再遇上什么事,别忘了先叫上我!

第 一 课

　　刚到县财政局报到的第一天,恰逢老谢要下乡调研一段时间,我有些遗憾地说:"早就想向谢老师讨教,好不容易见了面,又要失之交臂了。"旁边有同事提醒我:"老方马上得走了,以后有机会再交流。"老方?我一愣,大家不是因为他是个老财政通,都叫他"谢老财"吗？老方宽厚地一笑，说，不打紧，不打紧。说着，从抽屉里拿出一本稍显破旧的小本本。他补充道，这里有我工作的一些感受体会，与你共勉。说完，握了握我的手，就离开了。

为什么姓方，大家却都叫他"谢老财"呢？听同事一讲，不禁豁然开朗。原来，去年的某天上午，大家正在忙碌，来了一群人，说是来咨询村里新农合的事儿。老方给人家又是让座又是倒水，还安静地搬来椅子坐在这群人的面前，写写画画，最后连续打了十多个电话，又给他们解释了半天。最后，这群人一个接一个地跟老方告别，无一例外地说着"谢谢"。恰巧，被路过的局领导看见，就戏谑地说："老方，你不姓方，你应该姓谢，人家可是一口气说了二十多个谢谢啊。"把老方闹了个大红脸，老谢的名字由此传开。

我拿出老谢交给我的本子，是一本工作日记，这可是一般人不会轻易示人的宝贝呀。我小心翼翼地翻开，马上就被吸引住了。

6月25日　星期三　晴

昨天接到通知，这两天就要召开财税会了。白天写了（汇报材料）初稿，总觉不尽如人意。晚上回到家，就一直想着能不能再润润色。可笑的是，晚上做饭，想问题出了神儿，竟把味精当成了盐，把醋当成了酱油，好好的一盘菜被孩子冠之以"天下第一菜"，还特别加上了三个定语——最难吃。呵呵。半夜醒了三回。每回都想起一些新词，连忙用笔记下来，加进了材料里，竟觉贴切万分。明天，我得告诉孩子，你爸做的最好的菜是在梦里，你小子体会不到。

看着看着,我有些忍俊不禁。老谢还是一位很乐观的人哩。我随手往下翻:

  7月3日 星期五 阴转晴

  本来,今天是个令人期待的日子,马上要过周末了。快下班时,却收到通知明天市里要召开现场会,急需一些资料,要尽快整理出来。等万事俱备,才想起没给爱人提前打个电话,掏出手机,发现几个未接来电(我有任务时,习惯调成静音),赶快回过去,爱人在另一头有气无力地说,你死到哪儿了?我突发高烧,现在医院里。我也是气不打一处来,我又不是去玩牌、打麻将!况且我又不是医生,去了也不顶大用。可等静下心,心里也是酸酸的,这种情况发生不止一次了。

看来,这个老谢还挺顾家。我又往后翻了几页。

  8月23日 星期六 晴

  今天,随考察组到了深山里一个小村子里调研。村里有户人家真是穷得可怜。锅里的午饭是野菜加玉米糊糊,老人家和孙子脸色苍白,眼里满是期待,这可是在电视里放新中国成立前的片子里才看到的情景啊。看到此景,我才真切地体会到"财政为民"的深远意义。作为一名财政人,我们任重道远,保障民生,为老百姓谋福利,是我们永恒不变的主旨。我们只有努力工作,才无愧于政府和人民的重托。

  ……

我得承认,这是我上班第一天,"谢老财"给我上的最有意义的一课。我把本子郑重地放进了抽屉里。

跟 钱 有 仇

后爻村是个贫困村。邻村都在寻求致富项目,比方说冀屯人都建了大棚种了平菇,农民的收入一下子翻了番。后爻村背靠大山,一般人家都养牛。村主任刘二就号召大家养牛,大规模地养,山坡上绿草茵茵,春长秋衰,似乎是个不竭的资源。用村主任的话说:靠山吃山嘛。

谁知好景不长,上头下了文件,要保护山坡植被,让牛乱啃是违法的,要拘留要罚款。这下让刘二犯了难。乡亲们都习惯把牛赶到山坡上,然后找个地方躺下来看天上云卷云舒,哪理会他传达的文件哟。刘二决定让村里的扎根来专门当护林员。扎根虎背熊腰,是个半吊子二百五,谁都怕得罪他。刘二给扎根许诺了优厚的条件,发工资,一下子让扎根乐得蹦多高。

来山坡放牛的人越来越少,渐趋于无。山坡上的草也疯长起来。偶尔从旁经过的人都啧啧:日——这草!那牛都流了满嘴的哈喇子,但有扎根在旁,牛还离他几丈远呢,他拾起一个石头砸过去,牛就失魂落魄地往回返。

年底,刘二带扎根到乡里开了护林员大会。会上表彰了几个村子的护林员,佩戴了小红花,还发了1000元钱奖金。扎根就问刘二,说咱村搞得也不赖,咋就不给我个小红花戴戴?刘二一问才知道人家半年时间都创收上万元呢,谁家的牛啃了草,要罚款的。刘二回来把事朝扎根一说,扎根急了,说现在就是不看也没牛去偷吃了呀,这可咋办?

刘二回到家,一夜思索。第二天,就召集了一帮人垒了一堵墙把草地圈了起来。墙不高,米把高。扎根见状问:你垒了墙不用我看了吗?刘二神秘兮兮地说:你就瞧好吧。再有人经过,就都踮起了脚往里瞅。那草却像个红杏出墙的主儿,故意伸出几枝嫩叶随风招摇。

没过几天,墙莫名其妙地塌了一截儿。一天,一牛挣脱了主人的牵引,一扬脖啃了两嘴伸出来的草芽子。看着牛惬意地咀嚼,扎根突然从天而降,一把拽住牛,理直气壮地吼道:罚款,100元!牛主人慑于扎根的凶悍只好乖乖地交了钱。

塌下来的那段墙依旧裂开着那张嘴。村主任刘二大力在村里搞养殖业,牛羊的数量越来越多,而山坡上墙里的青草就像伊甸园里的禁果,引诱着那些畜生不畏后果地去偷啃。一段时间下来,扎根竟也罚到了不少款。他找到刘二问,我也能戴上小红花了吗?能。刘二答。扎根孩子似的笑了,却又想起了什么,问:你垒了墙咋就引得他们来偷吃啊?刘二呵呵一笑:这叫欲擒故纵,垒了墙他们还都以为不让你看了啊,再弄塌一段,谁不想偷腥啊。然后开怀大笑。

这年年底,扎根欢天喜地随刘二参加护林员大会。扎根还是没能戴上小红花。刘二看扎根不高兴,就把他悄悄地拉到一边,从兜里掏出一沓红红绿绿的票子,说:你咋恁稀罕那屁小红花,这钱,咱分了不好吗?原来那些罚款刘二一直没上缴。

第二天,墙全塌了。整个山坡成了热闹的海洋。只见扎根拼命地拽那些牛往山上赶。主人不乐意,扎根就捋了袖子。那些牛羊啃着草,还欢欢地叫着,似乎在大声地赞叹着"好吃、好吃"。

有人报告了刘二,刘二跑过来气得差点没晕过去。他口中一个劲地喊:扎根,你咋恁不透气哩,你跟钱有仇啊?

没多久,因为毁坏草地严重,刘二被撤销了村主任职务。

局 长 减 肥

那天,局长拿着一本杂志看了几眼,突然问了我一个问题。当时,我正给局长送文件,于是支棱着耳朵仔细听,生怕漏掉一个字。局长说:"小孙,你看我是不是要减减肥了?"我一激灵,可不是吗?局长的肚子上像扣了一口锅,可又不能实话实说,我只好委婉地说:"现在健身很时髦的。"局长会心地笑了,说:"我看杂志上说呀,人家外国有个单位上班要测体重,谁超标淘汰谁。你陪我去减肥中心怎么样?"还能怎么样?我只有受宠若惊的份儿了。

当天下午,我和局长就来到任你美减肥中心。迎接我们的是一位漂亮的女士,从穿戴上就看出这位女士与众不同,媚而不妖,清清爽爽的,让人看得心痒痒,把我看得都心猿意马起来。不等我们局长开口,这位女士就热情地迎上来说:"稀客,我们对初次来的客人一律免费,如满意欢迎下次光临。"我打量一下这个减肥中心,规模倒是不太大,各种摆设颇为考究,安排得也极合理,给人一种暖洋洋的感觉。我们局长对女士的盛情邀请表示了感谢,并且强调说:"如果适合自己的话,一定尽快补办会员卡。"说完,我们就被让进了里面。

傍晚时分,我回到局里,因为还有一个文件得马上起草,下午陪局长去减肥了,耽误的"功课"得补回来啊。哪知我回到局里,大壮、小王和老莫还没有走,都等着我呢。他们一见到我兴奋不已,异口同声地说:"我们的大功臣回来喽。"说完,靠近我询问我下午干什么去了。我只得据实相告。我一说完,这几个人就像麻雀叽叽喳喳个没完。

大壮说:"我说嘛,那女老板和咱局长是亲戚,要不那么多减肥中心,局长不去,偏偏去任你美。"

小王说:"我看不见得,我们局长就不会……"

"什么?"大家齐声问。小王说:"如今当官的搞个小蜜什么的,稀罕啊?"小王是嘲笑我们智商低呢。

老莫上了点年纪,考虑问题复杂些。他问:"小孙,你说咱局长没给她钱? 免费减肥?"

经老莫一提醒,我想起了这个细节。大概那女老板真和咱局长关系不一般吧?得到我的肯定后,这几位欢呼雀跃起来。

几天后,局长笑着对我说:"小孙,你说怪不怪,咱单位有好几位同志都喜欢上减肥了,我还打算号召一下呢,看来没那个必要了。"我笑脸相迎:"局长的榜样力量是不可估量的。"得到局长的首肯,我更加相信了大壮他们的猜测。

突然有一天,来了一辆检察院的车子,把我们局长带走了。局里一下子炸开了锅,所有的人都在议论纷纷。大家多是倾向于一种说法,那就是我们局长不光贪污还包养二奶,这是明摆的事实嘛。没有想到的是,两个小时后,局长给我打来了电话,让我去一趟,说是为了澄清一些事实。我在大家异样的眼神里坐上了车。

我来到检察院,我们局长正在和两个检察官交谈着。局长看我来了,赶紧说:你给人家解释一下。我的头"嗡"地一下大了,

不明所以。其中的瘦高个问我："你们单位的人给你们局长送礼，这个情况你知道吗？""不知道啊。"我看看局长不明白是咋回事儿。

这两个人把我带到另一间屋子，我看到桌子上摆放着一堆名烟名酒。那个瘦高个指着几条烟说："你们单位有个细胳膊细腿的，口音不是本地的人吗？""这是大壮，他是跟着夫人来我们城市落户的。""那你们单位有没有一个长得五大三粗的，还有些秃顶的男人呢？""有啊，那除了老莫不会有别人。"我对他们提出的问题都一一做了回答。

后来，他们就让我和局长回去了。在车里，我还是迷惑不解。局长则铁青着脸，一言不发。我壮着胆子问局长："局长，有什么麻烦吗？"局长一开口就气呼呼地把来龙去脉述说了一遍。他先问我："我刚来局里，对咱单位的人不怎么了解，难道你们都被社会上的一些坏风气污染了吗？"我愕然。局长接着说："你知道吗？你在检察院里看到的礼品都是咱单位里的人给那个减肥中心老板送的。那老板是谁，你知道吗？她是咱市里一位副市长包养的二奶，检察院早盯上她了，一直在搜寻证据。正好，咱单位的人给她送礼，人家检察院以为抓到了证据，把人家抓了起来，一问是咱单位给人家送的礼，那老板也迷糊了，驴唇不对马嘴的事。这不，检察院要我来解释清楚。幸好，那减肥中心的老板把实情都招了。要不，咱不是耽误人家检察院的事儿吗？我就是跳进黄河扎两个猛子也洗不清了，你们这不是凭空给我捏造绯闻吗？"

局长的一席话，把我说得一愣一愣的，倒是有一点听明白了：大壮他们不光去减肥中心减肥，还给那位老板送了礼，错把那老板当成我们局长的小蜜了，这不是等于给局长送上一段绯闻吗？局长说完，露出哭笑不得的神情。当即，局长就给我下达了一项重要任务。

不久,局里的端正党风反腐倡廉活动轰轰烈烈地展开了。

笔　　名

×局新来的罗蒂局长是个大草包,但管理人颇有一套。他声称管理一个单位就要像管理一家企业一样,要让它出效益。并且他让下边的人在称呼上也要和企业挂钩,一律叫他"老板"。还别说,他的这一套制度制定出来,单位里的上班时间打牌的,上网聊天玩游戏的明显少了。可好景不长,人们发现罗蒂局长烧的这第一把火是借机搞名堂,他借机把单位里的财政大权揽在了自己手里。叫老板才像个一把手,凡事都要老板说了算嘛,叫老板听着也气派呀,谁让单位是个清水衙门呢!

没过多长时间,罗蒂局长把自己从政以来的讲话稿整理了一下,交给出版社出版。他一看内容才觉得少,印出的册子太薄,就让自己的秘书炮制了一些散文、随笔加进去,竟整出200多页,书名也起好了,很大气,叫《罗蒂文集》,印了5000本,印好后就分发下去,说是让大家自愿购买,多少不限,不封顶,海捞了一笔。

这天,罗蒂应酬完饭局醉醺醺地来到单位,迎面正看见清洁工老马往塑料袋里装什么物件。他最讨厌有人在单位里偷鸡摸狗了,就有意上前训斥老马几句。到跟前一看,老马往包里装的正是自己的著作《罗蒂文集》。罗蒂局长脑子一闪念,想起老马的儿子小马是本市一位小有名气的作家,就和颜悦色地问:"老

马同志,你把我的书收集起来,干啥用啊?"老马乍见罗局长吃了一惊,他不敢说是从同事那里淘来的,就急中生智地说:"局长,我儿子听说您出了新书,向我讨要几本,我不好意思向您要,于是就求大伙儿给我凑了几本,我儿子说他要仔细研究研究。"

罗蒂局长两眼放光:"真的吗?照这么说,你儿子认为我的书还有些价值?"

老马反应还真快:"可不是吗?我儿子说还要自己收藏几本,枕头旁还要放一本,手头再备上几本,他怕别人一借不还,这不就没有后顾之忧了吗?"

罗蒂局长听了老马的话,乐得直蹦。没想到自己的书这么有价值,他对老马说:"回头我再给你几本。"

说完,罗蒂局长扭身要走。突然,他好像想起了什么,又折回身,把老马吓了一跳。

罗蒂局长开了口:"俗话说,近朱则赤,近墨则黑,你老马是作家他爹,我向你请教一个问题,你看我起个啥笔名好?"

平时,老马要怵他三分,一看今儿他喝多了,就放心胡诌起来。

"罗局长,我不是说你,你早该起了笔名了。"老马顿了顿,望着局长期待的眼神,故做苦思冥想状,然后一拍大腿说:"有了,我听收音机学了不少新鲜词儿,美国有个篮球明星叫麦蒂,外国有个著名歌唱家叫帕瓦罗蒂,这不是都带个蒂吗?特别是帕瓦罗蒂和您重名呢!我看就叫老蒂好了。"

罗蒂局长想了想,兴高采烈地问:"老蒂,老弟也。那领导叫起我的笔名来是不是特亲切?"老马忙不迭点头,表示认同。

两个月后,老马才明白他的这位"老板"——罗蒂局长出书取笔名是有用意的。原来市里新来的市长先前是个挂职的作家,后来因政绩显著,正式成了市长。罗蒂局长分明是要附庸风雅和市长套近乎。罗蒂局长眼看五十了,这可是个危险期,如能再升一升岂不妙哉!

罗蒂局长的如意算盘打得不错,风传他很快就要升到市里去了。单位里的同事纷纷责怪老马多嘴,说他一个破主意让"老板"飞黄腾达了。私下里,同事们不叫他"老板",都叫他老弟,甚至有人背地里戏谑地叫他"小弟弟"。

尽管大家没有对老马"穷追猛打",老马还是憋了一肚子火儿。这天,他搜集的废报纸卖了俩钱,就邀单位里的小王喝闷酒。喝着喝着就喝高了。小王一喝高,就摸不着东西南北了,说话就不把门了。他在酒店里直嚷嚷:我的老弟,成天不干正事,真不是个玩意!老马赶紧制止小王,小王更来劲儿了,越骂越不好听,把单位里的那些丑事儿包括罗蒂局长认干爹做寿的事全都抖搂出来了,吸引了周围的人,大家对他俩指手画脚,不知议论什么。把老马窘得满脸通红。

这时,有人过来问老马:"这人闹家庭矛盾吗?口口声声骂自己的弟弟?"老马赶紧解释:"不是,他骂一位作家呢,笔名老蒂。"那人一听:"哦,是那位作家局长吗?很有名的哦。"老马的酒劲一下醒了七分,急忙摆摆手,拉着小王就走。

几天后,一辆警车驶进单位,带走了罗蒂局长。很快,真相大白。那天,老马在酒馆里碰上的人是考察组的成员之一,他们还没来得及考察罗蒂局长,就遇上小王发酒疯把罗蒂局长的事儿抖搂了个一干二净,最终让罗蒂局长的如意算盘落了空。

从这时起,大家好像心有灵犀,相互之间表示亲切都不直接称呼"老弟"了。

好事送上门

这天,县教育局突然来了几辆车子,从车子上下来几位衣冠楚楚、四十岁上下的中年人。他们来到这儿就问局长办公室在哪儿。正好我值班,就带他们去了局长办公室。到了这儿,他们亮了证件,和局长一交谈,我才听明白,原来是省里来的安全卫生调查组来突击检查的。当即,其中一人就叫局长把各乡镇的学校名单拿出来。局长一看我,我赶紧跑了出去。不一会儿,拿来了名单簿。这人翻了翻用手指了一下,就这个学校了。我定睛一看,他指的是九里沟小学。

九里沟小学位于我们县九里沟乡,地处深山。九里沟里有个风景区,最近两年,县里加大了投资力度,把这个风景区承包给了个人,人家在这里斥资上百万元进行了大整修,里面亭台楼榭,小桥流水,一派生机盎然。当然,人家还是要挣钱的,光门票就要每人180元。什么时候,我能免费到九里沟风景区看一看啊?

正在我胡思乱想之时,局长说话了:"小孙啊。"我一下从遐想中清醒过来。嗯,我应道。"你们刘科长出差了,我还有个会,你陪上级领导到那儿一趟。"接了"圣旨",我喜不自禁,正瞌睡扔来个枕头嘛。

我跟着车队浩浩荡荡地出发了。其实,我对那个九里沟也不熟悉。我刚毕业托关系进了局里,这在好些人看来都是不可思议的事情。虽然对这个风景区早有耳闻,可从来没去过。说没去过,也不合适,早在几年前去过,还依稀记得去的路。我成了他们的向导。

我一直保持高度警惕,生怕认错了路,给人家带来麻烦。拐了几道弯后,就是一路平坦了,我才稍稍松了口气。

我微微打了个哈欠,伸了个懒腰。这时,手机"滴"地响了一下。我知道,有短消息。我摸出手机查看,是单位小王的。平素,我跟这家伙就爱顶牛,搞不好团结,这时候他会有啥事?我翻看着,慢慢地我的脸上就绽开了笑容。短信上说:你小子,真幸运,陪领导去九里沟,快升官啰。

一句话,我的思绪就开始飘飞起来。我想到我从8岁上学,小学、中学,以至大学我都是以优异成绩过关斩将一路绿灯,眼看着毕业了,正赶上我姑父要离休,给我托关系进了局里。从出生到现在我真是一帆风顺,莫非我真的是好运又要降临了,真是运气来了,"风都挡不住"啊!

正当我胡思乱想之际,"滴"一声,手机又响了一下。我看了看挨我坐的人,他正在看外面的风景。我掏出手机,还是小王发来的。我打开一看,上面写着:你知道咱科长是怎样当上的吗?他就是陪领导去了一趟九里沟,回来就上调了。

这一下我心里汹涌澎湃。我急忙给小王回了一个短信息:愿闻其详。刚发过去,小王的短信就来了,看来刚才就已经正给我发呢!短信息上写:你知道九里沟小学是咋回事吗?那儿已经没学校了,上次局里研究决定,本来是要合点并校的,九里沟乡只保留一所大规模的寄宿制小学。后来,局里认为九里沟现在是远近闻名的风景区了,上级来了领导检查工作不得去转转看看嘛,说是去学校检查就能省去不小的旅游开支,光门票,你算算,得多少?上次,咱科长就陪上级领导去了一次,人家龙颜大悦,这不就调到接待科当科长了嘛。你小子,运气来了。

是吗?我差点有些抑制不住内心的激动了。怪不得当他们要求去九里沟时,局长的表情怪怪的,阴晴不定呢。肯定以为人家是故意来找借口旅游的吧。我顿时来了精神,开始像个相面的打量坐在我旁边的这个人。见这人伸长脖子只往外瞅,还不时和司机说这说那。主要是说和省会哪儿的景比怎么样啊,和开封洛阳比怎么样啊,说到兴高采烈处还啊啊地爆发出笑声,一副开心的样子。我更加确信小王的判断了。我的狗屎运又来了。我情不自禁地这样想。

我本来是个不善言谈的人,可一想到不久的将来自己的好运气,就有了强烈的说话的欲望。我开始打破沉默。我问:你们到过不少地方吧?那是。和我挨着坐的人说。很快,不待我再问,他就说:你们这儿的景色真是好,前途无量啊。我偷偷地笑了,不言自明嘛,人家就是来旅游的。不过,这安全工作我看做得还不够,你看满山松柏,连个严禁烟火的标语都没有。那是,那是。我鸡啄米似的附和。

一唠起话,好像时间就快多了。不一会儿,我们就来到九里沟风景区的入口点。我只是把头伸出来,说了一句"到里面学校检查工作",就放了行。说话间就来到了九里沟小学。门口还有一面国旗在迎风飘扬,简单的围墙把一座小楼包裹得严严实实。我们下了车,我用眼瞟了一下,乖乖,我们一行足有八个人呢,这光门票省了一千多。

进了院子里,才发现这里没有学生。进了屋子里,我看到只有两个老人在下棋。他们见我来了,用异样的眼神看了我一下,说:"我接到通知了,你们把车停在这儿,放心,你们忙去吧。"这时,跟我来的领头的说:"你们是教师吗?""是啊,我们是民办老师,局里给我打工资,我们就负责接待,可不管饭,一会儿吃饭到山上的大酒店里。"其中一个应道。这人就扭头看着我,冷峻的面孔看得我浑身起鸡皮疙瘩。他又自言自语道:原来只是一个两个人的学校啊。

他们没有预想的那样,留在这里观看风景,而是很快就驱车返回了。在路上,他们个个脸上像结了霜,在这个炎热的夏季让我不寒而栗。

随后,那所九里沟小学就彻底关停了。听说我们局长还被通报批评。都说是我把事儿办砸了,这下,局里每年的招待费(主要指招待上级或单位职工旅游)翻了番。你问我现在在干吗?我去了一所偏僻的学校做了一名历史教师,至今已有八年了。

村主任的"礼儿"

都说林家村的林永青主任运气好,自从当上了村主任,村里的经济情况越来越好。这不,村里结合当地的地理优势,"靠山吃山,靠水吃水",挨着西山建起一溜碎石厂。这些厂子是村办企业,交给私人承包。村主任林永青就成了香饽饽,逢年过节来走串的人络绎不绝,快把他的门槛都踏烂了。外传林主任是个黑面包公,不徇私情,都说林主任还固守他的那个老理儿呢。

这是个公开的秘密。林主任常常挂在嘴边的话:啥事都得有个理儿,咱农村里老祖宗留下的老理儿都是精华,认了这个老理就能坐得端走得正。林主任的老理儿就是有人给他送礼,如果送的是物品,他必定包个红包还你;如果是钱,他同样会返还给你一个红包,他说这就是农村里说的"回礼"。林主任在一次次的会议上重申这一点,他强调任何人都不要破例,以此让你断了走后门的念头。

东头志强就碰到过一回。志强大学毕业在城里没找到好工作,就灰溜溜地回了村,他倒无所谓,可他爹没少在家里或在人前骂他:我供你吃供你穿,你又回来当农民了,丢人败兴不是?志强就犯了犟,脖子一梗的,说:回来怎么啦?我不会被饿死的,放心,我会让你安享晚年的,我会给您老养老送终的。气得他老子找了镢头要往儿子头上砸,幸亏志强躲得快,赶紧逃之夭夭了。

来到村口的大榕树下,志强思绪难平,想来想去想出一脑袋糨糊。正在心烦意乱之际,偶然抬头看见村主任的女儿林丽从婆家回来了,骑着小木兰,兴高采烈的样子。志强心里就泛起一阵阵酸,本来这位村主任的千金是钟情于他的,两人还一起趁着夜色到邻村看过电影。因为自己到城里上学,被城里的漂亮女孩弄花了眼,才让这只到手的熟鸭子飞了。林丽也看见了他,脸一红,低了头从他眼前飘过。

这一下,志强的犟劲上来了,你们和我爹不是都看我没出息吗?我就做给你们看看!志强上大学学的就是和地质有关的专业,和村里办这个碎石厂有点关联,志强心里升腾起一个念头,我也搞一家碎石厂让你们看看,我会比你们搞得更红火!

办厂先得通过村主任。志强到城里买了一件百泉春酒系列的"寿"酒,另搬了一箱营养快线,就直奔村主任的家。林主任看到志强,笑着迎进屋,瞅一眼志强手里的礼物,问志强来有何贵干。志强把来意说明。林主任说,你来得真巧,村里确实还有这么一个意思,再办一家新厂子,可这得看经济实力,得有管理能力。志强把胸脯拍得啪啪响,说,我有同学在银行上班,贷款没问题,我又是学这个的,管理方面绝对没问题。林主任脸上依然淌着笑意,说,这事不像你想象得那样简单,你先回去,我和村里主要干部还得好好研究。志强一下没了主意,只好告辞。

脚还没跨出屋门,林主任的老婆就追了出来,手里掂着一个红包,嘴上说:你这孩子拿了东西来,再让你拿回去你的面子上不好看,这样我们折成钱还给你,你家林叔说了,啥事都得有个理儿,就当给你回礼了,你拿着。志强不要,被林婶强塞进裤兜里。

到了偏僻处,志强把红包打开,里面整整齐齐躺着三百块钱,跟他买礼品花的钱差不多。这事怕是没指望了!志强叹了口气。

巧得很,在村口碰上了那位在银行上班的同学。几年不见分外高兴,这位同学说以后见面的机会就多了,他和村里几家厂子都有业务联系。志强就把自己的烦恼说了,这位同学盯着志强看了半天,志强擂他一拳,同学玩笑着说:咋了?你是个姑娘能把你瞧羞了?不过,我看你这事办得真像个大闺女,那两三百块就想把人打发了。志强一愣就问啥意思。同学说:没个万儿八千想搞厂子,那是石狮的屁股——没门!你想啊,将来你挣钱那是像流水——哗哗地,该出手时就出手。在同学的鼓励下,志强又鼓足勇气,借了六千块去了村主任家。他也只能借到这么多钱了,心里一直惴惴不安,像有个小槌嗵嗵敲着自己的心房。

这一次,林主任跟他唠的时间很长,慢慢地志强就放松了,把自己的想法和盘托出。林主任直夸他年轻有资本有闯劲有能力,前途不可限量,并且说自己在志强上次走后反复思量,决定给志强一个机会,当然还是在酝酿阶段。志强一听村主任表了态,这事肯定没问题。一时激动得不知说啥好了。临走时,林主任又递给他一个红包,志强推辞。林主任面显愠色,说,我看中的是你的

才华和能力,啥事都得有个理儿,礼尚往来,老祖宗留下的规矩,我们不能破。我不会做违法乱纪的事儿!志强感动得差点下跪,真是村民的青天大老爷呀。

回到家,志强兴奋地把红包打开,顿时大吃一惊:里面只有十块钱。这就是林主任给自己的回礼!不会是弄错了吧?

不过很快,志强的厂子就办起来了,没多久,志强就成了村里首屈一指的小富豪。

两年后,村主任被人举报,经查,这位村主任竟贪污受贿百万之巨。

志强成了新的村主任,上任后他也爱说"啥事都得有个理儿"这句话,不过他又反复强调我这"理儿"和林主任的"礼儿"可不一样!

一只懂事儿的牛

棋盘村的胡老汉碰上一件大喜事儿,儿子胡乐考上省城的一所大学,这个消息一经传开,立即在村子里掀起了轩然大波。这也难怪,穷人的孩子早当家嘛。胡老汉家八辈子贫农,靠种地为生,儿子胡乐懂事,不仅学习一直在村里孩子们中间拔尖,而且热心助人,村里人没有不称赞的,甚至有人已经来说媒了,说只要胡老汉同意婚事,可以先订下来,四年的学费女方全包了。胡老汉听后笑笑,没答应。但一万多元的学费去哪儿弄呢?他跑遍了亲戚家,还好,大家都替他高兴,这个出一点,那个凑一些,居然借了八千多。胡老汉依然愁着,剩下的2000块钱还没有着落。真是急中生智,那天胡老汉正搜索枯肠想寻个借钱的地儿,突然牛棚里的一声牛叫提醒了他,真是骑驴找驴,卖了牛不就全有了。他跑出去看牛,牛看着他,眼里满是依恋。胡老汉一狠心,趁十五这天镇上赶集,早早地牵牛去了。

　　胡老汉家的牛是只好牛,看着好看,鲜净,人见人爱。尽管有些人不买,也都凑过来问价钱,然后惋惜着摇头而去。临近中午时,人群渐渐散去,胡老汉心中开始焦躁起来。这时,有位年轻人走了过来。年轻人拍拍牛身,问了问牛的牙口,就给胡老汉伸出一根指头。这太贱了。胡老汉赔着笑,可也不忍让买主离开,就伸出两根指头,说两千。年轻人说,图个吉利,1800,咋样?胡老汉想了想,1800就1800吧,孩子的学费勉强就够了。成交,年轻人说着递给胡老汉1800块钱,胡老汉用手指黏口唾沫,数了数,正好。看来年轻人早就准备好了,他二话不说,牵了牛转身离开。

　　胡老汉看看身边的凉皮店,一问,一碗凉皮三块半,就没舍得吃,回家下碗捞面条吧。到家后,胡乐赶忙迎上来,看到喜气洋洋的父亲问,牛卖了?胡老汉不搭言,甩给儿子钱,说,数数。

　　胡乐数着数着脸色大变,最后筛选出八块,他冲太阳底下照了照,又找出一张白纸往上面狠劲蹭了蹭,脸上立即晴转阴,哭丧着脸说,爹,上当了,这几张是假币。胡老汉一惊,接过来仔细看了看,不相信地问,咋假了?胡乐说,真钱往纸上蹭蹭掉色儿,这些都不掉,你看颜色也不对。胡老汉显然也看出了端倪,一屁股坐在地上,竟像个孩子哇哇地哭出了声。

　　中午饭也没吃,胡老汉怄着气,躺在床上唉声叹气。恍惚间,听到外面传来"哞——哞"的叫声,哪儿来的牛叫声。胡老汉掐掐脸,不是做梦,可是牛已经卖了呀。他下意识地来到窗口一看,惊喜地大叫起来,乐儿!看!牛!回来了!

可不是,是自己的牛回来了。这下可赚了,等于牛没卖,还净得1000块钱。胡乐兴高采烈地说。胡老汉有些害怕,那我们不就等于骗了人家一千块钱吗?胡乐不以为意,管他呢,谁让他先骗了咱们呢。

真是一只懂事儿的牛!

胡老汉把牛拴好,不放心地跑到门口朝路上望了望,扭身正要回屋,却见门口大树后躲着一个年轻人,鬼鬼祟祟,不时朝他家张望。他定睛一看,不是别人,正是那个买牛的年轻人。胡老汉喊了声,你别走。年轻人像受了惊的骡子,撒开脚丫子飞奔而去。

两个小时后,家里来了客人,是镇上派出所的几位民警。为首的是位副所长,自称姓于。于所长见到胡老汉,问,今天,您老儿去卖牛了?啊。胡老汉答应着。于所长又问,可收到假钱?胡老汉不会说谎,就把那八张假币拿了出来。于所长严肃地说,窝藏假币也是犯法的你可知道?胡老汉一下蔫了。这时,村里的治安主任胡二跟头流星地小跑过来,他是胡老汉的本家侄儿。胡二见到于所长就赔着笑脸问,我村可是出了什么不安定因素?于所长把情况一讲,胡二冲着胡老汉嚷嚷,老叔咋恁不会办事呢?请于所长吃个饭呀。胡老汉如梦方醒,如鸡啄米似的点头,是,是。把众人让进了胡二开的小酒店。

于所长打了几个电话,民警中也有几个人陆陆续续地打了几个电话。村干部也闻风而来,他们说笑着,胡老汉脸上可真有光啊,镇上的领导也来给他贺喜了。一共坐了四桌。

最后,是胡老汉算的账,正好2000块。胡二安慰他说,老叔,咱是亲戚,我不会给你多要。

回到家,胡老汉抚摸着牛,眼里流着浊泪,口中一个劲儿地喃喃:牛啊,你咋跑回来了呢?

萝 卜 白 菜

男人是个军人。男人在当兵的第二年回家探亲的时候,父母给他说了一房媳妇。

男人不同意,为此差点和父母闹翻。

父亲把男人叫到院子里。那时天已很凉了,飘落的树叶告诉人们冬天已经来临。

院子里,堆放了两座小山似的白菜和萝卜。

男人不解。

父亲对男人说,过日子不能好高骛远,咱是庄稼人,就像这白菜和萝卜都是家常菜,这才合我们的习惯嘛。玫瑰好看,咱家养不了。

父亲的话掷地有声,语重心长。

男人是个孝子,只得默然同意。

于是,女人进了家门。

男人很少回家,即使有了探亲假也懒得回去。

终于,还是回来了一次。男人的父亲病倒了,奄奄一息,临死前要见见他。

父亲拉着男人的手,十分坚定地要男人给他一个承诺。他要

男人一生都善待女人。

男人勉强点头,他看看女人,女人低了头。

有时候,男人有些想不通,对一个自己不爱的女人,她怎么就缠着自己不放呢?

有些事,男人是改变不了的。父亲去了,还有母亲,母亲常年有病,家里需要女人照顾。

走的时候,女人没有送他。他心里隐隐有些失落。因为第一次,他走的时候,女人也没有送他。

后来,男人又回来探亲。男人破例提前给家里打了个电话。

离得好远,男人就看见女人在风中像棵梧桐树静默着。看见男人,女人眼里掠过的喜悦让男人心里很温暖,很温馨。

女人说,让我接你吧,别让我送你。

男人就纳闷。

女人说,送别太伤感,迎接才让人喜悦,让人憧憬。

男人愣了,他没有想到女人竟会有这种富有哲理的感受。男人终于第一次抱了抱女人。女人羞红的脸像红布,像秋后挂在树梢的苹果。

再后来,男人复员了。复员了的男人在刑警队做大队长,他英勇能干,立功无数,前途无量。

这时,男人出事了。男人喜欢上了一个叫宁的女人,男人对这个女人有了一日不见如隔三秋的感觉。男人帮这个女人做了好多事,最后,男人才知道女人是坏人安插在他身边的内线。

男人成了普通干警,整日以酒浇愁。女人就照顾完婆婆,又来照顾他。

男人看着默默守着家的女人,他发现女人老了,瘦了。老了瘦了的女人在男人眼里却有了另一番风味。男人想起父亲给他讲的白菜和萝卜。男人就对女人说,你像一棵白菜。女人愣了愣。男人又说,你是一棵萝卜。女人依然愣着。男人又说,我从小喜欢吃白菜和萝卜,这辈子是离不了了。

女人就笑,笑得都感染了身边的两只蝴蝶,它们应着女人的笑声蹁跹起舞。

男人振作起来,又一次信心百倍地投入到工作中去。男人说,过了半辈子,他才活明白了,得让女人过上好日子。

女人再一次接男人,是在一次雨后。全村的人都出动了。

见到男人的遗像,女人哭成了泪人。男人在一次对贩毒分子的清剿中送了性命,被追认为烈士。

男人下葬的时候,女人送出很远很远……

这是女人第一次送男人。

二　婶

今年的雨水比往年都来得更多些,眼看到了秋收时节,雨淅淅沥沥下个不停。快寒露了,该播种麦子了,天"嗷"一下晴了。大家手忙脚乱地开始收割玉米。年迈的父亲、母亲、妻子和我早早地拿了镰刀下了地,我和父亲在前割,母亲和妻掰裸玉米。最后用化肥袋子装了运到地头的车上往家送。我的手掌起了泡,膀子生疼,背上一袋子犹如千斤重,压得我直不起腰来。这时,一个矮矮的身影晃了过来,是二婶。只见二婶弯下腰,一手抓紧袋口,臀部一使劲儿,嘿,袋子稳稳地落在肩头,疾步向地头走去。

"二婶这忙帮得真及时!"母亲在一旁满怀感激地说。二婶的黑脸绽放出灿烂的笑容,有些腼腆地说:"这算个啥呀,农家人,不干也没人替咱。"然后,她又解释说,"我家的收完了,那可是我一人干完的,咱就这命! 比不得小慧,吃上了国家粮。"小慧就是我。我的脸一下子就红了。妻在旁边"二婶、二婶"地叫个不停,二婶的干劲更足了。

路上,妻就不停地问,在地里干活的二婶是谁? 我怎么不认识呢? 妻的追问,让我想起好多往事来。

二婶的丈夫叫扎根,扎根的父亲和我爷爷是拐了个弯的兄弟。由于生活在同一个村子里,彼此相处得很融洽。二十年前,二婶被我二叔(和我家的排行)扎根从河北带回来了。

二婶勤奋能干,地里的活从不用二叔插手。人善被人欺,二婶常常无端地受到村里人的欺侮。这也怨二叔,他偏偏好那个,和一些不三不四的女人有着扯不清的关系,最后受辱的却是二婶。有次,我们就碰上这么一件事。

我们听到吵嚷声,就飞奔过去。几个妇女正在围攻谩骂二婶。一个说:你一个外来户,还想长了翅膀飞啊? 另一个说:你有种也去找一个。有人帮腔:你去管管你家扎根,管不了别人,别没事找事。二婶脸色铁青,脖子梗着却说不出一句话来。围观的人弄明白是怎么回事,听着那些人的无理取闹,都哈哈大笑着朝她们指指点点,她们才住了嘴。

这次是二婶捉奸在床,二叔早不知躲到哪个旮旯里了。过不多久,二叔又和村子南头的老严媳妇勾搭上了。老严身染重病,下半身不能动弹,家里还有两个儿子,正上学,全家的重担就落在老严媳妇的肩上,一个人操持全家的开支,不知什么时候什么原因,二叔和老严媳妇就好上了。半年来,二婶气得往娘家跑了两趟,二叔本家的人撺掇二叔去找,二叔不理,恶狠狠地说让她去死。二婶两次都是不请自来,她说她放心不下家中的两个孩子。两个孩子还小,大女儿哭着去找二叔,二叔终究没有回头。逐渐地二婶的事就没人管了。有人同情二婶,有人鄙视二婶。二婶不多说话,日出而作,日没而息,日复一日,年复一年。

　　二叔在村东头的碎石厂干活,专门点炮捻,这是胆子特别大的人干的活。二叔胆子大,村人都叫他二百五,工钱还高,都让他填在老严媳妇的身上了。天有不测风云,这天,碎石厂又点炮捻炸石头。炮捻点着了却迟迟不响,大家都往远处躲。过了好大一会儿,不见动静。老板就打发二叔去看看,二叔光着脚就冲上去了。刚冲上去,只听"轰隆"一声巨响,四下里烟雾弥漫,二叔再也没起来。后来,老板私下说要私了,但二婶是个孤家寡人,本家人也是象征性地出面问了问,最后赔了二婶四万块钱,就把二叔抬回了家。

　　有人就恭贺二婶:这下好了,本来有没有扎根都是一样的,现在一下子又有了几万块钱,够你娘几个花一辈子了。二婶怔怔的,并不答话。

　　二叔下葬那天,天上飘着小雨。二婶哭得极凶,哇哇地嚎个不停。有人不解,就问二婶:扎根值得你这么哭他吗?

　　二婶听了这话,哭得更凶了,边哭边嚎:你这个挨千刀的,你去了,让我们娘们可怎么活呀,我的天哪!

结婚证风波

马强和雪梅参加完朋友的婚礼,在回家的路上,雪梅就羡慕开了:你看看人家,婚礼多气派,新娘真幸福,一辈子吃喝不愁了。马强一听,心里酸酸的,随口胡编了一个理由气她:真的是很幸福,我朋友连结婚证都没领,把前妻踹了,这个也过不长。雪梅听了,好久没吱声。她在想着自己的心事。

雪梅在脑子里搜寻当初和马强领取结婚证的情景,绞尽脑汁地想,也没想出个所以然来。回到家,他翻箱倒柜地找,还是一无所获。她的心就像从天上掉到地上摔得粉碎。她对马强说:咱领结婚证了吗?马强暗自好笑,当然领了,就是没领,也没人敢说咱不是两口子,十几年都过去了。雪梅却不这样想,她说,要是咱没有结婚证,是不是说咱的婚姻就不合法?咱儿子就成了私生子?马强说理论上讲应该是这样的。雪梅就嘤嘤地哭起来,又是一通翻箱倒柜,还是没个影儿。

"找不到得想办法补办。"雪梅说。马强生气了,没事吃饱撑的,都老夫老妻了,还疑神疑鬼的。雪梅据理力争:结婚证是具有法律效力的,有了结婚证才等于给婚姻加了一把锁。可她的心里的话却没说出口,人们常说四十的男人一朵花,四十的女人就成了豆腐渣了。看马强,自己找结婚证,他却无动于衷,莫非真有什么见不得人的事吗?

第二天一大早,雪梅到单位签了到就偷跑出来找马强。马强是个资深医生,带着一个女徒弟叫丽丽,正在给丽丽讲解什么,说到高兴处,俩人还发出得意的笑来。这时,雪梅推门进来了,说:我没打扰你们吧?丽丽说,哪能呢,快,师母坐。马强的脸上略显尴尬。雪梅看着丽丽的牛仔裤把臀部包裹得鼓鼓的,心里就更加没底了。师母,您喝茶。丽丽很有礼貌地敬茶。雪梅说,你也坐。丽丽就挨着马强坐了下来,雪梅俨然成了法官了。雪梅问丽丽,你将来结婚了,你觉得结婚证重要吗?丽丽爽朗一笑,那不就是一张纸片吗?只要两情相悦,那只是个形式。雪梅的心就揪紧了。有这么个愣头青在丈夫身边,丈夫离开自己还不是指日可待?这下更坚定了她补办结婚证的决心。

趁着一个工作日,雪梅生拉硬拽把马强拉到民政局。向工作人员说明来意。工作人员笑了说,我在这儿工作好些年了,还头一次听说补办结婚证的,先这么着吧,你到单位开个证明,确实证明你们把证丢了,我再考虑补不补,好不好?

雪梅回到单位,向领导讲明来意,领导问补办算不算重婚啊。雪梅说怎么能这样说呢,这是补办,性质岂能一样!证明很快就开了。

两人又来到民政局,还是那位工作人员。他说,现在办结婚证很方便,不用麻烦来麻烦去的,不过我得查查,现在电脑里都存有资料。

工作人员把雪梅和马强的身份证拿过去,认真查找起来,手指轻盈地敲击在键盘上,雪梅的心也舞蹈起来。好一会儿,工作人员对她说,为了准确起见,您让我再查一遍,又查了一遍,工作人员轻嘘了一口气,说,好了,现在我可以给你一个准确的答案了。

两人侧耳细听,那位工作人员说,马强的名字倒是有,其他的资料也吻合，唯独雪梅没有，只有一个"学梅"，从理论上讲，具有法律效力的我们只承认"学梅"，而不是雪梅。他又对雪梅说，你半路上有没有更改你的身份证？没有啊。马强和雪梅同时说。工作人员耸耸肩，很遗憾地说：我只能告诉你们，雪梅还没有结婚，而马强就可能是重婚。

雪梅对马强怒目而视，而马强也不禁惊呆了。

其实他们都忘了，前些年换身份证，雪梅被一个马虎的工作人员把名字打错了，只是谁也没有当回事而已。

天 公 作 美

在我进城工作的第五个年头，住在县城的姑姑硬要给我说媳妇。她很快说服了我妈。她说：小慧考上大学进城了，应该在城里安个家。我替他相中了一个女孩，长得没得说，高中毕业在市场上摆了个服装摊，能说会道的，还很有头脑，正好可以弥补小慧腼腆的一面，小慧在城里就有了依靠了。经不住姑姑的再三劝说，我妈只得同意：只要小慧点了头，我没话说，让孩儿自己决定吧。

一个星期天，姑姑给我打了电话，让我到她家玩，我心里清楚，这是要给我们安排见面的。偏巧姑姑临时加班，她对我说：你先在家待着，我抽空就给你们介绍。说完，出了门。

到楼下吃过早点，我折回家，望着空荡荡的厅堂，心里也空荡荡的。我窝在沙发里看电视，一连换了几个台，不是广告就是皇帝戏,真没劲!怪不得有位导演一直声称要"扫皇"呢。正在这时,门铃响了。

我箭一般跃起来,打开门,顿时眼前一亮。门口站着一位亭亭玉立的大姑娘。个子不高不矮,身材不胖不瘦,面容清秀。我是来借锤子的,我就住在楼上。百灵鸟般婉转动听的声音一下子把我拉回到现实中来。我脸一红,忙掩饰说,让我找找。一转身,赶紧找了起来。

姑姑家的情形我太熟悉了。我毫不费力就拿出一把小锤子,那位姑娘拿着我递过去的锤子小鸟般蹦跳着跑了。

一会儿,姑娘又来了,说还想借几颗钉子,不知有没有?我刚才找锤子时,发现抽屉里躺着一盒图钉呢。姑娘拿过钉子转身走了。

这时,我才回过神来。那位姑娘连声谢谢都没说,城里的姑娘都挺有个性的。我摇摇头,重又躺倒在沙发里。

大约一刻钟后,姑娘又来了。她把锤子和那盒图钉一并还给我。姑娘说了句让我莫名其妙的话:对不起,打扰了,我根本没用。

这倒让我呆愣了。我正要关门,那位姑娘又急匆匆地跑下来,上气不接下气地说,对不起,我还得再用一下。我手里的家伙还没来得及放呢,随手又递给了她。

不一会儿,她又跑下来,说,你刚才忘了给我钉子。我一想,可不是吗?我钻进里屋找出钉子递给她。等姑娘再一次从眼前消失,我都没弄明白是咋回事。

姑娘很快又来还锤子了。这次,她很有礼貌地对我说,谢谢,麻烦了你好几次,我就是往墙上钉张明星画。我也以礼相待,说,你可以找我帮忙的,你看我一个七尺男儿,你不用岂不是资源浪费?姑娘扑哧一乐,羞红着脸跑了。

姑姑下班了。回到家就劈头盖脸地问:今天是不是有位姑娘来借锤子?我说是呀。姑姑一拍巴掌,懊悔地说,你呀,人家是来偷偷相你的。我一惊,就是那位姑娘吗?完了,完了。姑姑垂头丧气地说,人家说了,嫌你太老实,没有城府,你也真是的,不认识人家干嘛把东西借给人家。我一听,心里挺不是滋味,漂亮的女朋友就这样擦肩而过。

我灰了心,打算再待一下午,明天一早就赶回单位去。

傍晚,姑姑下班回来了。看着姑姑喜气洋洋的,瞅着我乐呵呵的,我问,今天发奖金了?姑姑摇头。我又猜,买彩票中奖了?姑姑摇头。评上模范了?姑姑又摇头。姑姑一把拽住我,说你交了桃花运了。这下轮到我吃惊了。姑姑滔滔不绝地讲起来:那位姑娘的孪生妹妹相中你了,你知道吗?她妹妹名牌大学毕业,现在一外企做白领,你是哪辈子修来的福气啊!

后来,我和那位姑娘的妹妹接触得多了,知晓了个中情由:原来那天,后两次来借锤子的就是我的现任未婚妻,她就是相中了我的老实,说我心地善良,乐于助人……天哪,阴差阳错,让我娶了一位漂亮的白领媳妇。

村主任的阴谋

这天,麦华来到马强家里。一大早他就听说了,马强在城里打工从施工架子上掉了下来,把腿摔折了,已经被送到家里。他推开那扇破旧的院门,"吱呀"一声,里边听到响动,问:谁呀?麦华应了声迈步进了屋。进屋后,他一眼就瞅见小荷梨花带雨般的神情,顿时默然无言。

前两天,麦华刚来过。

那天,麦华来找马强的媳妇小荷,一见面就心急火燎地问:咱那事你考虑得咋样了?

小荷羞红了脸,装作什么事也不知道,问:啥事呀?

麦华就更急了,只得把以前两个人"密谋"过的事重新演练一遍。

…………

麦华说:你是知道的,你本来是属于我的。当初我以为是个玩笑,没当回事,就让马强得了个便宜。麦华想起给他说媒的事,悔得肠子都青了。他邻家大婶本来是要把小荷说给他麦华的,被他推掉了。

小荷说:你是村主任,那么多的好女人你不找,偏偏看上俺。

麦华说:什么村主任,我不稀罕,能得到你,我宁肯不干。其实,麦华正是在竞选的节骨眼上才推掉说媒的。

小荷叹息了一声说:你和俺那口子是好朋友啊,他走时把我托付给你,你不怕村里人戳你的脊梁骨吗?

麦华犹豫了一下,果断地说:怕,我就不做;做,我就不怕。我连自己喜欢的女人都不敢去争取,我还是个爷们吗?

麦华和马强从穿开裆裤就在一块玩,两人在一起偷过黄瓜,上树摸过蝉,还一起挤在一张床上睡过觉。马强性格内向、沉稳,麦华活泼好动,挺淘气。

小荷直勾勾地盯着麦华深沉似海的双眼,幽幽地说:我妈跟我一起过,老人家快八十了,手脚不利索,我得寸步不离,正因为我要找个可靠的男人帮衬我,我才把自己嫁了出去。马强人挺老实,对我们也好,特别对我妈跟对自己的亲妈似的。

麦华没等小荷把话说完,就抢了话头说:我也一样的,我是村领导,孝敬老人我一定会带好头的,况且,我家的条件好,跟了我你就不用遭罪了。

小荷用手摩挲着自己的衣服下摆,不吭声了。

麦华一看有门,心里喜滋滋的。他早说过,自己的东西,谁也抢不走,迟早还得是自己的。自从小荷嫁到村里来,麦华就没睡过一个消停觉。小荷那乌黑的大眼睛扑闪着,像一弯清澈的潭水,苗条柔软的身段摇摇摆摆,似弱柳扶风,看着让人心疼,尤其是那说话的声音,像百灵鸟低吟浅唱,和村里的女人一比较,麦华算是明白"鹤立鸡群"的意思了。经过自己的深思熟虑和权衡利弊之后,他做出了一个大胆的决定,他要抛弃兄弟情谊,立志夺美成功。

不巧的是,恰恰在这个时候马强出事了。那个事儿会不会无限期地拖延下去呢?他带着这个恼人的问题来到马强的家里,一则他和马强关系不错,不来看看说不过去,另外他想探探小荷的口气,也许,马强碰上这么一档子事,说不定小荷会更坚决地选择离开呢?

看到麦华,马强嘴角挤出一丝笑意,却没和麦华搭腔,而是转过头问小荷:我走后,麦华对你照顾得还好吧?小荷没说话,只是一个劲儿地点头。麦华臊得满脸通红,他怕自己再待下去会"缴械投降",事到如今,好比箭在弦上,不得不发了。他瞥了小荷一眼,赶紧借口有事,走了出来。

等麦华走出屋子,马强努力地侧起身子,从里裤的兜里掏出一方手帕,慢慢地打开来,里面是一沓崭新的钞票。马强笑着说:

多亏我出了事,要不然能不能拿到工钱都还在两可呢。去医院包扎,没花多少钱,都让我省下了。他又对小荷说:快过年了,你去买身新衣服,给咱妈买点好吃的……他的话还没说完,小荷就像受了委屈的孩子,突然号啕大哭起来。小荷哽咽着说:马强,这辈子咱说啥也不分开了,俺要跟你一辈子!

门外,麦华并没有走,他不光听见了,他还看见了,他像一根棒槌杵在那儿,愣了。

葡　　萄

那时的木子还在学校门口摆着一个烧饼摊呢。高中毕业没考上大学,木子一赌气不顾家里人的反对就做起了小生意,还真应了那句"靠山吃山靠水吃水"的老话,每天来买烧饼的学生排成长队。后来附近的住户也来买,生意就做出名堂来了。不几年,竟攒下第一桶金,可有一样,自己的人生大事却耽搁下来。木子心性高,别人给他介绍过几个,都是把他当成打烧饼的,木子对对方也不中意。他暗暗下了决心,要娶就要娶像雪颖那样的女人。

雪颖是学校里的一位老师,因为她长得肤白如雪,木子在心里一直把她叫雪儿,那种出水芙蓉似的面容在木子心里烙下了深深的印痕。开始木子并不知道她叫什么名字。时间一长,老师也有吃烧饼的时候呀,有一天,雪颖就去他那儿买了一个,还让木子给她夹了一根火腿肠。雪颖吃着木子特意多加了芝麻打的烧饼,露出一排整齐的小白牙,木子的心就醉了。他为自己能让雪儿吃上自己亲手打的烧饼而激动不已。

很快地,木子就发现雪颖交了男朋友。一次,有个高个子的男人拿了一个小塑料袋进了校门,出来时,是雪颖送的。雪颖手里拿了青青的葡萄,嘴里吃着,脸上笑着,笑得木子心里凉凉的,酸酸的。看见木子朝他们看,本来雪颖用手臂挽着那男人,被木子的眼睛一烫,就倏地分开了。脸上依然笑着,是那种开心的笑。木子就想:自己有朝一日也能让自己心中的雪儿开心地笑吗?这成了木子的一个心结。

转眼间,木子在学校门口打烧饼六七年了。家里人为给木子找媳妇急得像热锅上的蚂蚁,家庭会议上一致决定让木子回家,做点正经生意。木子拗不过,只好带着惆怅离开学校。走时,他特想给自己心中的雪儿送上一串葡萄,他想象着雪儿吃自己的葡萄那样的笑的模样。木子到底没能送成,带着遗憾离开了。

说来也怪,木子和雪颖还是相遇了。回到家的木子是个闲不住的人。他把一家半死不活的村办企业承包了。凭自己的勤奋和脑袋瓜子的活络,很快打开了销路,让这家村办企业起死回生了,财源就似泉水汩汩地淌到他的腰包里。木子成了远近闻名的土财主。学校逢年过节时想发点福利,领导不断地前来造访,木子成了救苦救难的活菩萨了。慢慢地,就有人为木子的婚事操起心来。一提这事,木子眼前就浮现出雪儿吃葡萄时的笑,那是一种刻骨铭心的笑。木子就笑笑说:我还没碰上我愿意给她送葡萄的人哩。把来人听得一头雾水。

偶然地,有人又给木子说了一个,还对他说:这个女的爱吃葡萄!木子才答应见一见,一见吓一跳,竟是雪颖!当时,木子就结结巴巴地问:你怎么还没结婚?雪颖就满脸通红。木子又打圆

场:挑花眼了吧？这才把尴尬化解了。尽管后来木子听人讲雪颖是太挑剔了,高不成低不就的,才把自己的婚姻大事耽搁下来。木子不管那么多,自己终于能给自己心爱的雪儿买上葡萄了。两人就处上了。"五一"的时候两人步入婚姻殿堂。

有一天,木子开车经过一片葡萄林。木子特意下车给雪颖买点新鲜的绿色的葡萄。木子为能给雪颖买上葡萄兴奋不已。回到家,木子高高举起丰腴飘香的葡萄喊叫着:看我给你买什么啦？雪颖跑出来见了,脸一沉吼道:我当是啥呢？酸死人!

听着这话,木子就想起了当年雪颖吃葡萄时开心的笑容。不知怎么,木子心里就泛起一阵阵酸。像刚刚吞进嘴里一颗未熟的葡萄。

妈妈像花儿一样

小雨的父亲在一场车祸中丢了性命,小雨的性情一下子变得十分乖戾,对上学也失去了兴趣。可妈妈却把希望都寄托在他的身上,他妈妈拒绝了好心人让她找一个男人的劝说,只身带了孩子回了娘家。

小雨的妈妈是个苦心人。不久前又下岗,屋漏偏逢连夜雨,生活一直很拮据。要不是有父母接济,她都快失去生活下去的勇气了。小雨在学校又不听话,小雨的妈妈终日以泪洗面,三十出头的年龄看上去像五十。小雨的姥姥和姥爷看在眼里疼在心中,一时也不知怎么办才好!

这天,小雨的妈妈急切地把小雨叫了起来。小雨揉着惺忪的双眼,问:什么事呀,妈,才六点多,上学还早着呢,还让不让人睡啊?

小雨的妈妈一把把他拽起来,吼道:昨晚你姥爷给我的五十元钱你见了没有?

小雨心一紧,脸一红,却把小脸摇得像拨浪鼓。

真的没有?小雨的妈妈一连吼了几声。把小雨吓得号啕大哭。小雨的姥爷跑来,一把抱了小雨,对女儿嗔怪道:你看,把孩子吓得!

小雨嘴张了张,把话生生地咽了下去。因为他看到妈妈突然一屁股坐在地上,双眼失神,说出来的话也是抽抽搭搭:是我不小心……是我不小心。

年幼的小雨深深明白,这五十元钱差不多就是一个月的生活费呢。全家人都靠姥爷一个人的退休金过日子,这日子一直都是紧巴巴的。

星星还是那个星星,日子还是那个日子,日子还得过下去。

看着人家父母去接孩子,小雨心里就不平衡起来。人家小孩有糖吃,自己没有。人家的母亲打扮得花枝招展的,自己妈妈的脸都快成核桃皮了。小雨就每天拒绝母亲接送,只让姥爷一个人接。

小雨在学校成了出名的调皮学生。每当违犯纪律被老师叫到办公室,小雨的心里就一阵得意。他喜欢这个老师,年轻,漂亮,说话的声音也好听,像百灵鸟。他的这位老师见到小雨却总是绷着个脸的。见到小雨就说:小雨,你今天可不要给我惹祸了,明白吗?

这不,今天小雨的姥爷来接小雨。小雨的老师就开始告起状来。小雨的老师把今天画的画拿给小雨的姥爷看。你看,你孙儿画的画,你看是什么呀?我让画的是《我的妈妈》,这画的什么呀?

小雨的姥爷一看,这画的哪是妈妈,简直就是胡写乱画的。他姥爷看一眼小雨,小雨在一旁瞅着他乐。

小雨的姥爷又仔细"研究"了一下这幅画,忽然脱口说道:我看很像一朵花嘛。

一朵花?小雨的老师拿过来看了看,还别说,这信手涂鸦的东西还真像一朵花,还是一朵玫瑰哩。

小雨的老师笑了,肯定地说:是朵花!得到老师的肯定,小雨的姥爷高兴极了:你看,我家小雨是说他妈妈像朵花哩。说完,把这幅画郑重地手里折叠了几下,装进书包,像装进一位名家的墨宝。

看着姥爷和老师开心的笑容,小雨心里掠过一丝欣喜。这是近两年从未有过的感觉:我还能画画,我的妈妈是朵花,我画的画儿赢得姥爷和老师的一致赞扬。一种自豪感从小雨的心里升起,自己以后还能看到姥爷和老师的笑脸吗?

其实,小雨不知道,小雨把妈妈画成乱七八糟的东西却被他姥爷当成花,这件事被老师在办公室里当成笑话说。小雨的姥爷回到家一直摇头叹息:这孩子毁了,画的什么呀?

可事实却是,从此以后,小雨做什么事都分外用心,也允许自己像"花儿"一样的妈妈接送了。特别值得一提的是小雨承认了那次偷钱的事,他买了礼物送给同学过生日了。妈妈没有责怪他,脸上的笑容更多了,后来,小雨的妈妈越来越年轻,就变得真像花儿一样了。

野 酸 枣

女孩和男孩在大学相遇。女孩第一眼看见男孩,心里就怦然一动:这是都市里卓然超群的一株梧桐树。

男孩出生在农村,身上有着浓郁的乡村烙印。男孩衣着朴素,说话朴实,待人接物很随和。男孩的勤奋和诚实很快让他脱颖而出,成为学生会干部。女孩也因能歌善舞与男孩成了搭档。

去男孩的家乡因为一次玩笑。在都市里生活腻味的她一心想去乡下感受一下大自然的气息。有一天,女孩试探着提出这个想法,男孩不假思索地就答应了:"你一个女孩子家都不怕,我一大老爷们怕什么呢?"男孩说这话时,脸一红,羞涩的脸上漾起一片红,像个大姑娘。

暑期如约而至。女孩跟着男孩来到了男孩的家乡。男孩古朴的房屋与都市里的高楼大厦成了对比,特别是男孩母亲打柴归来还摘了一把野酸枣,更是让女孩欣喜不已。红艳艳的野酸枣滴溜溜地圆。女孩满心欢喜。男孩拉着女孩的手向屋后的山坡跑去。

呀,好大的一片! 像珍珠,像玛瑙,像宝石,散落在大地的怀抱里,阳光下,晶莹剔透。

女孩几乎是扑了过去,凑近这些野酸枣。纤纤玉手伸向这片酸枣林,不想一下子就被针枣扎中了手。男孩担心地拉过女孩的手含在嘴里:"你怎么这不小心啊!"女孩的脸变成了野酸枣,红扑扑的。

这是一次难忘之旅。

大学生活很快就结束了。在女孩的央求下,男孩留在了都市里打拼,一连换了几个工作,最后都无功而返。也许是时运不济,也许是难以适应都市里的"气候",男孩到处碰壁,命运给他开了一个致命的玩笑。女孩第一次对男孩发怒:扶不起的阿斗。男孩不辞而别。

女孩像一只游来游去的鱼,在都市的海洋里游刃有余。终于女孩也找到了自己的归宿,嫁给了一个有钱人。女孩变成了女人。于是,女人也越来越有钱。慢慢地,男孩也从她的记忆里消失了。

女人与男孩相遇是在多年以后。男孩一直没有成家,男孩成了大男孩,一直生活在乡下,致力于家乡的旅游事业。男孩的家乡早已是远近闻名的风景区了。

女人是同丈夫一同来到这里考察的,打算投资办厂。女人的丈夫是听了朋友的建议来的,女人来到这里才感觉似曾相识。女人来到这里,就听人给她讲男孩的故事,男孩成了乡亲们眼中的怪人。这几年挣了些钱,却不成家,动不动就跑到山坡后的野酸枣林前发呆。

女人的心揪紧了,疼。

女人与丈夫来到这里不到一个月,女人听到了一个消息,男孩患了不治之症。医生说活不过半年。女人火急火燎地来到男孩身旁,男孩一把抓住了女人的手,并从枕边摸索出一把野酸枣,一粒粒在男孩手里滚动着,像泪。

女人经常去看望男孩,待的时间还很长。女人丈夫开始不乐意,后来就阻止,再后来就和女人吵嘴。有一次动了手,再后来,女人就离了婚。

离了婚的女人一直守着男孩,最后送走了男孩。

有人就经常看见女人一个人怔怔地望着那片野酸枣林发呆。

知情人说,女人立下了遗嘱,死后要与这片野酸枣林为伴。

学　　问

我住在一个肚脐眼儿大小的村子里,别看小,净出能人。今年暑假我大学毕业,一时工作无着,成天和一些杂七杂八的人混在一起。曾经当过兵的父亲"恼羞成怒",就想赏我一个货真价实的耳光,不得已我投奔了在市区做生意的表哥。

表哥是做批发生意的。摊位在市区最繁华的地段,一溜儿几个小商铺次第排开,我很容易就找到了表哥,表哥见了我一脸喜气:"大学生也来给我帮忙啦,有你搭把手咱肯定发。"我细细端详表哥的"资产",不禁有些嗤之以鼻,充其量就是个杂货店嘛:批发衣帽鞋袜的招牌倒是很招眼儿。表哥很客气地说中午请我吃饭。我在店铺里待了半天连个人影儿也没见。正在百无聊赖之际,来了一位客人,是位黑脸大汉。来到表哥的面前,就心直口快地说:"终于找到了,我终于找到了,在市区见到您的传单,你们这儿批发健步牌运动鞋吧?"我注意到他手里拿着表哥散发的传单。表哥一迭声地说:"你算问对地方了。"黑脸大汉大喜,自我介绍说:"我是新疆的,我家乡新开发一处爬山的旅游项目,急需一批运动鞋,我就找到你这儿了。"表哥请客人坐下后,就招呼一服务员说:"到吃嘴精(酒店)点俩菜,让客人吃饱了再说。"黑脸大汉怔了怔,小眼睛眨巴眨巴说:"我来得急,怕带的钱不够,只带了20000块,可我想让你一次给我发5000双鞋。"表哥在传单上明写着:一双10块,5000双得50000块,可只有20000块钱。表哥一拍大腿,说:"买卖不成仁义在,我看你还没吃饭,先吃饭。"黑脸大汉很感动,一屁股坐下,就不客气地吃起来。我刚来第一天就成了酒桌上的陪客。表哥说:"正好也给你兄弟接风洗尘了。"

酒刚一下肚,黑脸大汉就开始夸夸其谈,说自己生意做得有多么多么大,方圆多少多少里都是他的生意范围等等。我心里暗暗冷笑,不想表哥却顺竿往上爬,说:"我信得过你老兄,才挽留你的,这生意我做了,你先付20000块儿,5000双鞋你拉走。"我脑子一沉,表哥这不是砸自己的生意吗,被人骗了咋办?我瞅一眼在里面忙活的表嫂,忙碌的表嫂还对我一笑,我想走上前提醒一下:表哥喝高了,表嫂你得把好关呀。表哥一看我要起来,用手摁住我:"今天,你别干活,今天你是客人,我得好好招待你,你的任务就是跟我陪这位老兄喝好吃好!"我这时才明白食不甘味是啥滋味。

一个多小时过去了,表嫂擦了擦了额头上的汗,给表哥汇报说:"鞋都装车上了,让客人过过目。"黑脸大汉仔细地看了看车上的货,很满意地说,我回去后立马把剩余的款项汇过来。说着办了手续,打了个饱嗝。我终于忍不住了说:"表哥,你不怕上当受骗?"黑脸大汉一听这话,撂下一句"你的效率是我见过最高的",就飞身上了车,表哥对"突、突"远去的车子挥了挥手。

表哥这才幽幽地对我说:"我也怕上当受骗。"一句话让我的心又提到了嗓子眼。一连几天我都是惶惶地,老是为这批鞋牵肠

挂肚。

这天清早,我跟表哥正在拾掇货物,表哥接到一个电话。表哥嗯哪了几声,放下电话喜气洋洋地对我说:"剩余的钱给我打来了,钱是加倍的。100000块。"接着他又对里面吼道:"接着装货5000双。"

表嫂笑着对我说:"你表哥又冒了一次险,我看他那天老是拍左腿,我给黑脸大汉装车上的鞋都是左脚的,他拉回去也没法卖呀,卖了也没法穿呀!"

我恍然大悟。我认为,这是我即将步入社会前学到的最有意义的一课。

伴　　儿

半夜里,老李就睡醒了。确切地说,他是被吵醒的,醒来后就感到一阵阵的心悸,他听到一声声的呼唤,在寂静的夜里显得幽怨而绵长,传入他耳膜的是"妈、妈"的叫声,莫非谁家的小女孩跑丢了?老李一丝睡意也没有了。他这是在儿子家里,客厅中到处摆放着珍贵的物件,白天里都像一个个凶神恶煞束缚着他,让他这个乡下老人寸步难行,何况是晚上。他只得心急如焚地躺在床上辗转反侧,盼着天快点亮起来。老李心里像开了锅翻滚不已,早知道这样,就不来找儿子了。

老李是农村中千千万万的农民中的一个,普通得没法再普通了,从小吃苦长大,老伴早早撒手而去,他拉扯儿子长大,儿子争气,上学年年得奖状,每次过年,儿子都领来奖状,老李都是左看右看上看下看喜得合不拢嘴,怎么看都看不够。没白养这小子。老李有时会在梦中高兴醒了,长大了让他干什么好呢?对,让他当官就好了。后来,儿子考上了大学,学的是企业管理,儿子喜欢的一个专业,老李不是一个顽固的人,就任由儿子去打拼,只要能混出个人样,干什么都成。儿子一毕业,就被一家企业招走了。没几年,升了经理。在城里有了别墅,别墅外边还有保安,当然,也顺理成章地在城里安了家。

老李一开始待在乡下老家倒也无忧无虑。随着年纪日渐增长,孤独和寂寞也与日俱增,思儿之情日浓。儿子是个孝顺的儿子,没多久,把老李接到了自己身边。住了没几天,老李又想起乡下的老家来。老李有时候也骂自己贱,来城里享福来了,反而不习惯了。

老李真不想在城里待了,儿子上班,不可能一直在家陪他唠嗑。即使回了家,儿子简单问候几句,彼此就没了话。更让老李不习惯的是儿子专门请来保姆伺候他。老李只在电视里看过封建大家族里有丫鬟,没想到自己竟也过起了这种生活,过去他对此深恶痛绝,现在也是,都是穷苦老百姓,怎么能让别人伺候自己呢,于是有活他就与保姆抢着干。保姆来自乡下,年岁不大,吓得直哭,生怕丢了这份工作,反过来老李得一直安慰小保姆。还有就是每天都要喝奶,儿子这是科学养爹,书上说,一袋牛奶可以强壮一个民族,就是让每个人每天喝牛奶。老李喝了,喝纯的,寡淡无味,儿子说多咂吧咂吧就有香味了,老李试过之后觉出一丝丝的苦涩,又换成酸的,老李仅有几颗牙也差点酸倒了。儿子没招了。老李每天就从客厅回到卧室,再从卧室回到客厅,偶尔出去一趟,儿子回来知道后,对保姆又是鼻子不是鼻子脸不是脸的一顿教训,怕老人走丢了,说实话,老李出去了一趟,再也不愿出去第二趟了,外面车水马龙,让人寸步难行,让人窒息。

直到今天半夜里,老李听到"妈、妈"的叫声,老李的心就被抽空了似的,明天一早,他决定走,必须走,无论如何都要走。终于等到天亮,老李跟儿子摊牌了。

儿子说:爹,您走了我不放心啊。

老李说:回乡下我才能多活几年。

儿子见老李铁了心,只得同意。他从阳台上取来一个小竹笼,笼里养着一只漂亮的鸟。儿子说:这是只鹦鹉,很聪明,我刚买来教会它喊"妈妈",比人还聪明,您回乡下又不爱找人玩,带上它解解闷。

老李从半夜悬着的心落了地,他一眼就相中了这只鸟,他对儿子说:我给它起个名字吧。儿子点点头。老李说就叫阿忠吧。儿子的眼眶湿了,因为儿子就叫阿忠。

吃过饭,老李坐车回了乡下,随他一起走的还有那只叫阿忠的鹦鹉。

君 子 报 仇

市雪朗啤酒厂为庆祝建厂五周年,在市中心的繁华地段搭建了一个擂台,声称要招募天下喝酒的英雄好汉。但凡在每天的擂台赛上获得冠军的选手除了得到一尊含金量很高的奖杯外,还可参加新马泰五日游。这个广告一经电视播出,马上吸引了众多的围观者。

5月2日,来自四面八方的游客把这座擂台围了个水泄不通。厂里的一位负责人拿着一个高音喇叭不停地吆喝:快来参加哟,免费喝啤酒,还可出国旅游,机不可失,时不再来啊。那声音一浪高过一浪。围观的人群中不时发出一阵骚动。这个推推那个,那个推推这个,互相怂恿着。很快地,就上来两个人,都长得五大三粗的,其中一个络腮胡子,大脸庞,他们一上台,就引来一片喝彩声。明眼人一看就知道是喝酒高手。一场比赛三个人,只差最后一个名额了。

台上的那位负责人声嘶力竭地大力宣传,台下的群众也开始起哄,"谁经常大吃大喝的上呀!""得不了奖也能白喝啦!""快上啊,白喝也没人喝?"台上台下像开了锅一片沸腾。正在大家翘首期盼的当口儿,一个颤颤巍巍的身影走上台来。场子里一下安静下来,但随即就爆发出一阵哄笑声。上来的这个人长得其貌不扬,一米六五的身材,瘦弱得像竹竿。这人也能参加比赛吗?台下的人有人就喝起了倒彩,"好,隐居的喝酒高手终于露面了,使出自己的绝招来。"台上的那位负责人问他的名字,台下的人都支棱起耳朵仔细听,原来这人叫张林,是位外来务工人员。张林问,听说得了奖厂长还要亲自颁奖?那负责人呵呵笑着说:当然,俺老总是爱才的,他会亲自过来的。张林点点头,面朝观众鞠了一躬。"这人怕是穷疯了。"不少人都这样想,他和那两人明显不是一个重量级的嘛。

一声哨响,比赛开始。三个人把面前的啤酒瓶子掂起来,对起嘴就吹起来。"咕嘟咕嘟"眨眼工夫,每人都干掉了一瓶,大家瞅着那瘦弱的张林,都为他捏了一把汗。接着第二瓶、第三瓶……等到第十瓶的时候,大家还是发现张林的速度缓慢了许

多,脸憋得铁青,肚子上像结了大西瓜。而另两个人却神态自若,互相对视着,暗暗地较上了劲儿。果然不出大家所料,等到第十八瓶时,张林已显出醉态,并且慢慢地瘫软在地,工作人员把他搀扶起来时,那两人也分出了胜负,络腮胡子喝了二十五瓶,另一位则喝了整二十瓶。台下的观众都大声呼叫:重在参与,给这个张林也颁个奖!围观的群众就炸了锅。

　　那位负责人笑容可掬地上台宣布了优胜者,并朝台后喊话:有请我们的李厂长上台为选手颁奖!大腹便便的李厂长向台下挥动着手臂,乐呵呵地走上台来,把手上的奖杯递给那个络腮胡子。可就在这个时候,还没下台的张林挣脱了工作人员的搀扶,摇晃着身子,练着"醉拳"就扑过来,一把把那奖杯夺了过去。台下的群众一声惊呼:这人想得奖想疯了。令人更意想不到的事情发生了,只见张林趔趔趄趄奔过来,举起手中的奖杯照着李厂长的脑袋砸了过去,人们都瞪着眼睛看得清楚,李厂长头上的鲜血瞬间就汩汩地流了下来。随后,张林就倒在地上,人事不省了。

　　台上台下乱成了一锅粥,大家都知道有人喝醉了酒,差点闹出人命来。有人七手八脚地把张林抬下来,在路边的空旷处把他放下来。大家你一言我一语地议论开来:不能喝逞什么能啊,把身体喝坏了都是自己遭罪。看着张林醉醺醺的样子,大家叹息着摇摇头离开了。谁也没有留意,等大家转过身后,那个张林径自站了起来,掏出手机悄悄地打起了电话:小妹啊,我说过的,君子报仇十年不晚,今天我终于出了一口恶气,把欺负你的那个李厂长暴打了一顿……

狗　殇

　　村主任家的狗死了,死得很惨。天蒙蒙亮的时候,有人去地里看庄稼发现的。发现的人迅速地把消息传播来了,因为这是村主任家的狗,就显得极具新闻性。村主任家的婆娘风风火火地跑来,一见欲语泪先流,像死了老子。围观的人"哄"一下散了。

　　村主任当时正喝酒回来,听了婆娘絮絮叨叨的讲述,开始有些不相信,就问是不是吃了拌了老鼠药的肉死了。婆娘的描述让村主任生气了,狗死得很惨,歪着头,脑袋上有一个血窟窿,流了好多血。村主任听完,心里头就升起一团迷雾。他把治安主任找来,交代说我们要从讲政治的高度认识这件事,这肯定是一次蓄意谋杀事件。今天凶手敢杀我的狗,明天就敢杀你治安主任的狗,一定要严查严办!打狗欺主嘛。治安主任连连点头,马上带了联防队员收集线索去了。

　　一连查了几天,连星点儿的蛛丝马迹都没找到。村主任大怒:在这个指甲盖大小的村子里还没有我办不成的事儿呢!他授意治安主任不惜一切代价,早破狗案。

　　村主任家的狗是条好狗,说它好是说它长得漂亮。一身金黄色的毛发像穿了件盔甲,威风凛凛,到谁家都蛮横得很。叫得很响亮,一声是一声的,有人说像狼,有人说像小老虎。总之,叫得也很威风。要不,前几天,剧组来了会聘用它?

　　不久前,市里来了一个什么剧组要拍《满村尽是狗叫声》,相中了这个古朴幽静的小村子。根据剧情需要得有狗叫声。开始导演要找群众演员,挑选会狗叫的,应聘者络绎不绝。谁能不眼红呢?叫一响给30块钱,去外边打工才能挣多少钱呀。有个叫老罗的来找导演,说自己家里有老母,还有上学的孩子,恳求导演开恩让自己学狗叫。导演最终同意了。为表示感谢,老罗还从村头刘寡妇家的小酒店里拎了几个菜送给导演。可就要开拍了,意外发生了。

村主任从刘寡妇家喝酒回来拐到了剧组,牵着那条好狗。村主任对导演说,让我家的狗叫吧。导演说,我已经确定了人选。村主任说,这是我的一亩三分地! 言外之意有点威胁的意味,这个小村子谁敢得罪他呢。导演觉得对不住老罗,又说,需要狗叫时它才能叫,我怕狗叫得不是时候。村主任笑笑说,这好办,我这狗瞧见吃的东西才叫,到时候一喂它,准叫。村主任又说,我这狗叫不比人叫得正宗呀。

于是,村主任家的狗就开始进了剧组。还好,圆满完成了拍摄任务。可就是这样一条有"功劳"的狗,说死就死了。村主任怎能不伤心,村主任说,这条狗比有些人还能干哩,还能挣钱,那次足足挣了150块。

治安主任忙活了好几天,无果而终,就在村主任刚要打消寻找凶手念头的时候,传来了好消息。村主任的儿子放学回来,带来一个信息,说是老罗的儿子小罗在学校说,狗的死可能与他有关。这个兔崽子! 村主任骂一句,就和治安主任直奔老罗家。正好放学时间,小罗正捧着碗喝粥。一见两人气势汹汹的样子,先害怕了,直往老罗身后躲,一下就不打自招了。

小罗说:那学狗叫本来人家是相中我爹的,可你家的狗非要跟我爹争。村主任笑了,问,你这孩子为啥非要让你爹跟我家的狗比,这不是骂你爹嘛。小罗说着说着就哭起来,抽抽搭搭地说,我妈有病还在床上躺着呢,我爹也有病干不动重活,也没法像别人到外面找工作,就想挣那俩钱给我妈买点药。说着说着,村主任朝里面看看卧床半年的小罗他妈,眼圈竟也红了。村主任又问,我那狗凶得很,你不是它的对手,说说还有谁是你的同伙。没了,小罗说,我听大人们说过,我先用酒精泡过的馍喂了它,它一会儿就不动了,我用木棍照它的头就砸了好几下,然后我扔了棍子就跑了。

村主任听得浑身起鸡皮疙瘩,说小家伙,你够狠,了不起。治安主任说,这么小就有暴力倾向了。说着转过头问村主任,抓不抓?

村主任摇摇头,抓个屁,是咱得罪人啦。

用 心 良 苦

接到电话,吴义整个身子僵在了那里,炎炎夏日,却仿佛掉进了冰窖里。

父亲要来县城住几天? 在这个节骨眼上,父亲不是成心添乱嘛! 吴义心里不是个滋味。近段时间,吴义正忙着筹钱买房,可凭他与老婆的工资不吃不喝得攒20年,房价像打了兴奋剂一个劲地猛涨,女儿也越来越大,现在住的50平方米已不能满足需要。前几天,吴义往老家跑了一趟,他试探性地问父亲手头是否宽裕,但马上他就后悔了。岁月在父亲的额头毫不留情在刻下了印痕,听到他的话,他明显感觉父亲的皱纹更深了。

父亲执意要来,这可怎么跟老婆小花说呢?先想办法稳住父亲?对,就这样。吴义拨通了父亲的电话:"爹,这几天我比较忙,你能不能晚些过来?"那头犹豫了一下,随后传过来低沉的声音:"家里的麦子也收割完了,我就不能去我儿子家里住几天?是不是小花不乐意?是不是你嫌我脏?是不是……"连珠炮似的追问,一下子把吴义堵得哑口无言,是啊,父亲那个犟脾气,任谁也挡不住。

父亲到底来了,还带来几袋小麦面粉,看来是做好了"长期战斗"的准备。吴义的老婆小花皱皱眉,但没说什么。她清楚,一开口,就会换来一顿吵。

父亲总是小心翼翼,言语也不多。每天趁他们去上班、孙女去上学后,就来到胡同口闲坐。吴义住的是闹市区,路上人来车往,一派热闹景象。

终于,吴义的父亲出事了。他被车撞了。据目击者说,老吴过马路,没提防从北面疾驰过来的汽车,生生地撞在老吴的胸前。有人说,汽车狠劲鸣喇叭,老吴没听见。也有人说,汽车速度太快,根本就刹不住。总之,老吴是在儿子家住的第23天头上出的事,经抢救无效去世。也有人看笑话,说那么大年纪了,跑到儿子家去找死!

结果,车主人与吴义协商了五回,最后赔了吴义十万块钱。吴义用这钱付住房的首付时,手颤抖了老半天。

这天,吴义外出公干,竟意外遇见了老家的村支书李良。李良四十出头,精明强干,在老家办了一家养殖场,听说还领着村民搭大棚种平菇。见到吴义,分外高兴,硬拉着吴义去喝两口。酒过三巡,李书记关切地问吴义:"兄弟,你能来县城工作,可是咱村里的骄傲啊,你父亲找你前,他得了病,你知道吗?"吴义一愣。看着吴义吃惊的样子,李书记说,我猜你肯定不知道,你父亲得的是胃癌,晚期,老家的人都知道,就瞒了你一个人。有一天,他找我借钱,说是你要买房,急需一笔钱。当时我还批评吴老伯,有钱也应先看病啊。可我的钱都占着,手头紧,就没借给你父亲。你父亲一个劲儿地问我,说出了车祸,是不是就能让人赔很多钱?我说,那当然啦,十万八万都是有可能的。不承想,你父亲真就出了车祸!……我对不起吴老伯呀。说着,李书记嘴一咧,要哭。

吴义举起酒杯的手,停在了半空中,泪水伴着酒洒落下来,像门外飘飞的小雨。

感谢那一巴掌

那天,小亮被父母送到了姑姑家。

姑姑家是个好地方。村子西边有远近闻名的百泉湖。一年四季,波光闪闪,风光旖旎。旁边的苏门山,文化底蕴深厚,孙登、竹林七贤等历史名人都曾寄住于此。当然,我提这些,并不是说小亮的父母要他来这个地方看风景,也不是受什么文化熏陶,因为他的父母并不认识多少字。

小亮去姑姑家求学,只为一念之差。儿时的一个玩伴到外地去上学,他也动了这个念头。姑姑很支持,于是他就来到这个地方。

那年,他八岁,上小学二年级。

星期天,是小亮最刻骨铭心的日子。

某个星期天,说好下午5点,小亮的二哥送他去姑姑家。5点时,二哥来催他,小亮说,衣服还没干透,再等会,等晾晒的衣服干了就走。5点30分,在家门口碰上了从地里回来的邻居赵大娘,赵大娘玩笑似的说,怎么了大学生,不想去上学了?小亮的脸一红。赵大娘又说,别去了,你是不是你妈亲生的,把你扔那么远!小亮低了头,默默地往家走。

6点了,二哥又来催,小亮,你还去不去,天快黑了,我还得赶回来呢。小亮支吾半天没说出话来。

6点20分,二哥风风火火来找小亮,说,小亮,再不走,我真送不了你了,你看,天真的要黑了。

这时,小亮他爹从猪圈出粪回来,一看小亮还在家里窝着,就问,咋回事?你想让你哥半夜回来吗?小亮说,我想明天去上学。

那你说说你的理由。他爹压着火气说。

我的衣服没干。他爹看看院子里的晒衣绳,衣服不是刚收了吗?没干怎么会收?

我的鞋破了,我想等我妈从地里回来补补。他爹看看他的鞋,就毛了边,没什么大碍。

他爹终于抑制不住内心的怒火,"噌"地蹿起来,举起巴掌照着小亮的屁股打了下去,小亮用手捂着屁股"哇"地哭起来。

他爹说,我只有一个理由,你不去你姑姑家上学,你姑姑会咋想?会想是不是哪个地方没照顾好你!会心里不好受!

爹就摆出这么一个理由,但说得不容置疑。

就这样,小亮一直支撑到高中才离开姑姑家搬到学校住。

多年后,小亮参加了工作。眼前老是浮现出父亲的那一巴掌。每做一件事,他都要首先想想自己做的事会不会对别人造成影响。看着自己走过的路,他总是在心里说,感谢那次父亲的一巴掌,让他学会了怎样在社会上立足。

教 育 诗

朋友张三的孩子学习不好,也经常惹事。前不久,就发生了一件让张三头疼的事。那天上午十点钟,张三接到老师的电话,老师在电话里的第一句话是:张三,你先别着急,听我把事情的经过给你说一下。张三心里就一咯噔,肯定是那小子又惹祸了。果然不出所料,老师接着的话把张三吓了一跳。

今天早上,张小三来到教室,马上就被班长叫到了跟前,班长气呼呼地坐在座位上,见张小三来到跟前,用手指着他的头劈头盖脸地问,昨天你是不是没有打扫卫生?你看看小霞座位底下到处都是纸屑,尘土那么厚。打扫了呀。张小三急忙答道。那就是没打扫干净。班长据理力争。张小三也生气了,说,那你不能说我没打扫!班长没想到张小三这么不讲道理,就说,没打扫干净等于没打扫,一个月轮到你一次,你就这样给同学们服务?两人针尖对麦芒,越说越激动,后来,急赤白脸的张小三挥手就朝班长肩膀上擂了一拳,班长当场捂着脸趴在了桌子上,任谁劝都止不住哭声,声音越来越大。最后,惊动了老师,班主任刘老师把张小三叫到办公室,问清楚了情况,就让张小三向班长赔礼道歉。张小三不干,竟与刘老师顶起牛来。办公室里的几位老师不约而同

地教训起张小三来,张小三一扭头,朝办公室外跑去,走时,把办公室的门重重地带上了,留下了一脸惊愕的老师们。

听完老师的话,张三的脸"唰"地白了。张小三上的是市里的名校,每年学期初,都得按学生的成绩以及各类奖状排名才能进入。校规极严,张三越想越怕,万一学校劝退了怎么办?张三拨通了妻子的电话,把情况说了一遍,称自己有急事,先让妻子赶紧到学校向老师赔礼道歉,一再强调,一定要好好教训她生的好儿子!

张三的妻子自然不敢怠慢,打车到了学校。找到张小三就是一顿训。哪料,张小三比她还生气,边哭边说,你们怎么了,都骂我,我不活了!说完,朝操场的一边跑远了。都晚上八点了,张小三没回家,给老师打电话,老师说早放学了啊。见张小三没回家,刘老师也感到事态严重,怕孩子出事。就动员其他任课老师一同去找。网吧找遍了,没有。几个休闲广场找了,也没有。终于,清早,在路旁窝了一夜的张小三拖着疲惫不堪的身子回来了。回到家就钻进卧室里,任谁叫再也不出来。

现在孩子怎么了?张三苦恼。于是问我可有高招,我推荐了朋友赵老师。

赵老师现在是本市有名的教育专家。一听来意,赵老师笑着说,你把孩子叫来,我看看。两天后,张小三出现在赵老师的跟前。还是老样子,张小三还说:我妈不分青红皂白就教训我,我要与她断绝母子关系。张三在旁边一听,巴掌就要抡过来,被赵老师挡住了。

赵老师拿起桌上的电话拨通了一个号码:老段,你医院里有即将分娩的妈妈吗?有啊,对方说。赵老师又问,明天有吗?这很难说,不过有三个预产期都是明天,不出意外,明天应该有分娩的妈妈。好,一定让她们等我,一定等到明天生。赵老师激动地说。哈哈哈。电话里传出一阵笑声。张三也笑了,人家生孩子还能等啊?

第二天,赵老师带张小三进了产房。妈妈分娩的过程,张小三一直待在外面透过玻璃窗看着。妈妈声嘶力竭的叫唤声,满脸的汗水和泪水。刹那间,一股血水喷了出来,床单上被染红了一大片。医生、护士忙乱而有秩序地来回走动,只听"哇"的一声,一个小生命降生了。医生从病房里出来,对等候在外边的家属说母子平安时,张小三也"哇"地哭了起来。

只见张小三恭恭敬敬地朝张三和妻子跪了下来:爸、妈,我错了……

两 个 孩 子

有两个孩子,一个叫李丽,另一个叫段丽,都是女孩子,还都是大眼睛,机灵可爱,活脱脱就是北京奥运会上演唱《我的祖国》的林妙可。

于是,两个孩子的母亲对孩子的教育就格外用心。都是每天按时接送,早餐要有鸡蛋、牛奶。清早起了床,把饭做好之前,都要让孩子读上几段课文,或背上一会儿书,等饭做好不烧嘴了,叫她们吃饭。中午,特别是夏天,午休是必不可少的,两位母亲自己不睡,看着闹钟,怕电扇风大,开空调,怕空调太冷,就买来纸扇用,微风拂面,两位孩子好不舒服。晚上,电视是不能看的,大人也不能看,两位母亲就不必说了,孩子的父亲看体育节目要到朋友家看,父亲要应酬喝了酒不能在家里说心事话,更不能撒酒疯。总之,一切都得为了宝贝千金的教育。

开家长会,两位母亲早早地到了。除了简单的唠家常,话题很快就转移到孩子的教育上。话匣子打开了,整整持续了半个小时。原来,李丽的成绩一直在班上名列前茅,而段丽的成绩却不如人意,一直在中等徘徊。

李母说:我每天都看着孩子学习,清早要读书,要有丰富的营养;中午要休息好;晚上也给她营造良好的学习氛围。

段母说:是啊,我也是这样做的呀。清早有鸡蛋牛奶,晚上她爸喝了酒回来,要轻手轻脚地进屋,不能大声说话,不等孩子睡着,不敢开电视。即使睡着了,看电视音量都得开到最小,不用心还听不清哩。

都一样啊。两位母亲几乎异口同声地说。

老师通报近期的一次考试成绩,李丽同学考了85分,段丽同学考了65分。相比较而言,成绩都不高。

老师在家长会上,给大家说了些司空见惯的话,都是平时挂在嘴边的话,没什么稀奇之处。

家长会结束后,孩子们都随父母回家。李母和段母都迫不及待地把孩子叫到眼前,她们要给孩子上一堂人生课了。

李丽蹦蹦跳跳地来到母亲面前,兴奋地问,妈妈是来参加家长会的吗?母亲呵呵地笑着说,是啊,来看看我宝贝女儿在学校怎么生活,学习。

母亲又说,刚才老师让我看你的成绩了呢。85分,不算高哦。

李丽闪烁的大眼睛有些黯淡,母亲说,刚才老师说了,你还有上升的空间,还有15分才能到满分呢。可我尽力了,妈妈。我一直很努力。

没关系,可能这题难了点。比你少的还有吗?

有啊。考七十多分、六十多分的都有,还有几个同学考得不及格。

那就对了,我女儿很聪明,比好多同学都强呢。李丽听了,高兴地喊着,妈妈万岁。一跃跨上妈妈的车子,回家去了。

段丽也来到妈妈的面前,她蹦蹦跳跳地来到母亲面前,兴奋地问,妈妈是来参加家长会的吗?母亲愠怒道,我来看看我女儿是怎么生活学习的。

母亲又说,刚才老师让我看你的成绩。65分,是不是班上最差的了?

段丽闪烁的大眼睛有些黯淡,母亲说,刚才老师说了,要我好好管教你,你差不多已经是班上最差的学生了,比你少的没几个啊。你对得起我每天为你做的事吗?可我尽力了,妈妈。我一直很努力。

母亲又说,真是笨女儿,我是做了什么错事了,都在今生报应到我女儿身上了,让我头也抬不起来。段丽的头埋在了两腿间,脸窘得像个大苹果。

走,没出息。母亲呵斥着。段丽爬上了妈妈的车子。母亲又说,看来女孩子智商是差啊。

转眼间,两个孩子长大成人。李丽成了社区里第一位到北京

上大学的学生,还是名牌大学。段丽在社区的超市里就了业,成了一名导购员。

谎 言 如 诗

期中考试结束了,全班的学生都在等待结果。亮子是既期待又害怕,生怕这次又考砸了。同时,他极想知道成绩,一个学期以来,他可没少下功夫。有一次上早自习,他来到学校,大门还关着,只得紧靠着南边的墙上取暖,因为这堵墙里面是门卫的厨房,仍有余温,后来才知道,他看错表了,早去了整整一个小时。

老师迈着轻盈的步伐走了进来,来到教室,她扬了扬了手里的语文试卷,朗声说,这次考试成绩出来了,这是我们这段时间学习成果的一次检阅,考得好的别骄傲,因为它只能代表过去你努力了;考试不理想的也别气馁,加把劲,要迎头赶上,只要努力肯定能让大家刮目相看的。

说完,老师开始念成绩。李帅90分、王燕92分、刘智78分……等念完了,老师把手拍了拍,说,今天我们发下去的是语文成绩。总体成绩也出来了,说着,她又扬了扬手里的一张纸,这是语文、数学、英语的成绩统计表。

老师还要说下去,亮子的同桌王明说话了:报告老师,俺同桌亮子的语文试卷没有发!哦?老师把目光移过来,盯着亮子问,你没得到语文试卷吗?嗯,亮子赶紧站起来,声音像蚊子叫,只怕连自己都听不到呢。

老师说,没关系,我回去找找,不过,这不碍事,咱不是有成绩统计表嘛。我看看你得了多少分。

老师埋下头去寻找亮子的分数。几秒钟后,老师兴奋地抬起头,冲大家说,这次亮子考得太好了,我记得上次他的语文只考了56分,还不及格呢。这次考了85分,这是一个奇迹啊。

教室里爆发出一阵掌声。大家都朝亮子看过来,亮子不好意思地低下头,心花怒放。

老师又说,这次亮子不仅语文成绩有大幅提高,英语、数学都有提升,看来,亮子聪明得跟一休一样啊。当时,聪明的一休正在电视里热播。亮子最爱听一休说,休息,休息一会儿了。

几个女生开始窃窃私语,亮子是一休。

亮子的脸红彤彤的,双手不知该往哪儿放了。他看了看老师,老师年轻的脸蛋也是红红的,眼睛里满是期盼、鼓励。他觉得老师更漂亮了。

老师又变戏法似的抽出几张奖状,说这次我们要表扬进步最快的几位学生,他们是王燕、亮子……

一段时间以来,亮子埋头苦读,还自创了过电影学习法。每天傍晚,躺在床上,都要把当天学习的内容在脑子里像看电影一样过一遍,稍有不清楚的地方就翻身起床,找到课本再读,再算,再记。没想到,效果显著啊。

自此后,亮子更勤奋了。他知道自己并不笨,甚至是老师心目中的聪明的一休。一休也在同学们中间传播开来。他成了名人哩。

有了这种动力,亮子遇到难题从没怀疑过自己的能力,他上课认真听讲,下课找习题复习,把基础打得很牢。他一路披荆斩棘,从小学、中学,一直到大学,都是成绩优异。大学毕业后,他被一家机关录用,几年后成了科长,专门负责学校这一块工作。

闲暇时,他就想起那位漂亮的老师来。当初,老师的鼓励像给自己打了兴奋剂,否则,自己还在家里守着几亩薄田度日呢。他就有了去看看老师的冲动。

机会说来就来。一次他陪市里一位领导到那所学校视察工作。到了学校,他特别留意问了老师的近况。校长告诉他,你的那位老师现在是省劳模,教出的学生都成了当地经济社会建设的主力军。我带你去看看她。

老师的办公室还是很简陋,但很整洁。老师正埋头备课。亮子悄悄地走到跟前,老师的头上已银针无数,脸庞略显瘦削。老师抬起头来,看到了亮子。亮子还没开口,老师就笑呵呵地招呼,坐,坐,你是……亮子赶紧答话,我是亮子,十多年前是您的学生。

我想起来了,那届学生是我教过最调皮的一届学生,不过,也是人才最多的一届呢。你就是被我称为一休的亮子吧?

老师真是好记性。亮子说。

老师又是呵呵一笑,当然,我在你身上花费的精力最大,那时我看你用功上进,有次考试,我看你仅仅考了及格,就撒了个谎说你考了85分,还好那次班级之间没有排队,否则别的班级会不乐意的。

啊——亮子这时才明白:原来,那次我考试很理想,是老师用心良苦。亮子突然鼻子一酸,眼泪差点滑落下来。

一棵小树

他一路狂奔,走在寂寞的路上,天已擦黑。

那年他8岁,是他到姑姑家求学的第一年。他回来的时候,给他姑姑撒了一个谎,他让同学给姑姑捎信,说是哥哥在学校接他,直接回家了。

他家离姑姑家有十多里路。他五点从学校出发。大概要一个小时才能到家。

令他担心的是经过鬼沟。鬼沟,听名字都让人不寒而栗。传说,在日本鬼子打进来的时候,好多的太行山志士被俘后,就被日本兵活埋在这个地方。鬼沟的旁边是家卫生所。也有人说,农村人生孩子,有时胎死腹中,他们就把死婴扔在这个地方。听说,一到晚上,整条路都能听见哭声。

他当然知道这些,不过,他也听说过一些聊斋故事,那里的狐精可都是好鬼哩。

他要趁着天没黑透经过鬼沟。他加快了脚步,抄近路往家赶。近路要经过地头,地头的草调皮地抚摸着他,让他的脚脖痒痒的。他无暇顾及这些,他只有一个念头,早点回到家里。

天也似乎跟他作对,很快夜幕就要拉开了。星星开始到处玩耍。眼睛一眨一眨的,逗他玩。他抬头看一眼它们,从地上捡起石子朝它们砸去,有颗石子差点砸到他的头上。他急忙往前跑,石子落在他身后。他想,石子没砸到自己身上,预示着自己这次会很顺利。小小年纪的他就有了这种想法。

前面是棵桑树,远远看去黑黢黢的,全没了白天的浓绿。记得不久前,他还爬上过这棵树呢。那是同学养了几条蚕,蚕宝宝最喜欢吃桑叶。他们用文具盒养了五六条,把桑叶放进去,停一会就能听见蚕宝宝吃桑叶和说话的声音呢。那天,他上树摘桑叶把一根树枝掰折了。哦,树奶奶不会怪我吧。他一下子感到身后有个人老跟着他,还是位老人,佝偻着腰身。他就一直朝身后看,走几步,冷不丁停住脚往后看,只有他的影子,别无他物。

到了鬼沟,他尽量放缓脚步,生怕惊动沉睡的冤魂。脚底下发出的摩擦地面的声响让他直起鸡皮疙瘩。他缩着头,想象着聊斋里漂亮的狐精,竟莫名其妙地有种温暖的感觉。还好,他顺利地通过了这个鬼地方。

不知走了多长时间,他左拐后走进一条直路,那是通往家的路。他往东望了望,无意间看见了一座小山的一棵小树。微风吹过,小树点着头,像是向他问好。他心里一下子高兴起来。他哥哥送他时,不止一次说过,你要认得回家的路,那山上的小树就是你的方向,你走近了就到家了。家就在前方,他脚底下一下子生出无穷力量,整个身子感到分外轻松起来。他飞快地跑了起来。

跑了那么远,树也接近了。小树似乎瞬间长大了许多。他兴奋地想喊出声来,嘴里竟哼出刚学过的歌来:国旗国旗真美丽,阳光阳光照大地,我愿变作小红云,飞上蓝天亲亲你。唱完,他哑然失笑,这是晚上呢。没有阳光,也没有蓝天,只有草丛中、小溪里的蛙鸣。

小树依然在前方。他的眼里也只有树,他的努力只为接近它。他胸中燃烧着一股劲,朝着这个唯一的目标。

若干年后,那棵树依然直立于那座小山上。他经常对自己的孩子说,人一旦有了目标,干什么都会浑身有劲;有了目标,你就有了努力的方向,实现它才能感受人生拼搏的快乐!

橡　皮

在班里,亮子是唯一不用橡皮的学生。

亮子家穷,上小学二年级还穿着补丁裤,脚上没穿过像样的鞋子。有一次,他一位表姐送他一双布鞋,松软的鞋面和底子,比妈妈纳的千层底舒服多了,他一直穿到鞋面上出现个窟窿,还舍不得扔。父母在学习上,是想方设法供给他。亮子知道,这钱都是父母辛辛苦苦从地里刨出来的,每年学期开始,父亲几乎都要找亲朋好友、邻居借钱给他交学费。给他一次钱,就千嘱咐万叮咛,不要乱花,吃饱就行,不要贪好。把钱用在学习上,用在买本子、买笔、买文具上。亮子很懂事,就不乱花钱。他连一块橡皮都不舍得买。

于是,就有同学笑话他。比如他写错了一个字,就用手指沾点唾沫狠劲抹,不小心擦出一个窟窿,即使没有窟窿,也弄得黑乎乎一片,怎么看怎么不顺眼。有同学看见了,说,你的橡皮是纯天然的哦。他的脸就一红,不好意思起来。他知道他们的话里有"刺",他把头埋到桌上,心思全用在了学习上。

上课时,亮子就格外认真,他知道写字不能错,做题不能出现问题。否则,就要用到橡皮,可他没有。亮子的成绩一直特别好,因为他极少出现错误。

随着年龄渐渐增大,再有同学嘲笑他,他就有了反驳的理由:用橡皮干什么,橡皮是弥补错误的,人类就不应该让它出现,有纵容犯错之嫌。冠冕堂皇,却掷地有声。大家就哑口无言。

就这样,亮子从小学,上到中学,再到大学,一直是出类拔萃的。

大学毕业后,他到一家有名的电脑企业上班,设计软件。在他的努力下,公司的一个个新软件不断开发出来,他也很快就跃升为部门经理。

很快公司就传出一个新闻来。亮子有怪癖。

刚子把一个程序弄出了毛病,亮子劈头盖脸地训斥。小娟那天把文件拿错了,正在与客户讨论合作事宜的亮子当场就骂了句,真没用!……这类事多了去了,他部门的员工暗地里称他为魔鬼,没人性。

这都源于亮子对错误的切齿之恨。员工们纷纷要求跳槽,总经理只好出面,请亮子改变一下自己。

亮子就与总经理讲起了儿时的生活,讲着讲着,总经理眼里就噙了泪。他拍拍亮子的肩膀,走了。

几天后,公司的内部小报上赫然出现一个标题:橡皮,人生错误的助推器。是总经理的文章,最后他呼吁大家要摒弃拐棍,与错误做斗争。他说,小错可以积累成大错,大错可以毁掉一个企业。一个企业毁掉了,我们赖以生存的根本就没有了。

亮子又获得一个雅号:橡皮。

发　　表

　　明洲喜欢写作,也梦想能在报刊上发表自己的作品。他很羡慕那些作家,隔三岔五地能收到稿费,就更让人神往了。

　　明洲是个勤奋的人,他瞄准了目标,就开始坚持不懈地实现它。他几乎每周都要投稿,他把目标锁定了一家刊物——《迷你小说》,一连投了几十篇,都石沉大海。他听本城里一位小有名气的写手说,你把名字换下,漫天洒网东方不亮西方亮,正好适合那家刊物的风格也说不定。等你发表一篇,你就有了信心,就有了再写的冲动。

　　果然,明洲按照他的方法,很快就收到省城一位编辑的回信,编辑姓胡。胡编辑说,你这篇《彷徨》写得不错,把女主人公悲伤哀怨的情绪淋漓尽致地写了出来,让人动容,拟用。看到这个回信,把明洲兴奋得一夜没睡好,连写了几篇,都统统地寄给这位胡编辑。胡编辑又来了信,打算再选两篇,连同上一篇,发个作品小辑。明洲早听说过这个杂志,千字一百,这一下就是近千元的稿费呢。他更加勤奋了。

　　这天,明洲突然接到胡编辑的电话。胡编辑在电话中说,明洲作者,听说你们那儿有个风景区,特别有名,我想带夫人在周末去游玩一下,不知方便不方便? 明洲一听,当即答应。这哪儿有不答应的道理,明洲冥思苦想半天,才想到自己的一个表哥在什么机关里工作,好像跟风景区有什么联系。他一联系,那位表哥

所在单位就是服务风景区的,明洲高兴坏了。到了周末,他表哥就把他们引进了景区,中午吃饭,明洲点了蘑菇炖山鸡和野菜,最后一算账,花去五百多。明洲有点失落,可很快就调整了心态,回头文章刊登之后,稿费很快就有一千多呢。再说,他看胡编辑玩得很尽兴,以后发稿就更不成问题了。

明洲等了三个月,他每期都跑到报亭里买《迷你小说》,报亭的人说,像你这种喜欢纯文学的人不多了。明洲说,这本杂志很快就要刊登我的小说了。报亭主人一听,立即就用羡慕的眼光看着他:想不到,你还是位作家哩。明洲头一仰,俨然成了一位名作家。可他等来等去也不见自己的作品变成铅字。再去报亭,心就虚了许多。

终于等不及了,明洲就给胡编辑打了电话,还没等他开口,胡编辑就说,不好意思啊。这段时间,我身体不好,一直在疗养,等我回单位再催催,一定想法给你登了。

明洲一听,人家病了,得去看看。这是人之常情啊。何况自己还靠人家发表作品呢。星期天,明洲搭车去了趟省城。胡编辑看着明洲手里拎的东西,很不好意思地说,让你破费了,让你破费了,其实也没什么病,更不是什么大病。

转眼间,又是两个月。一天,明洲刚写一篇稿子,正在琢磨里面的细节,接到胡编辑的电话。胡编辑说,真不好意思啊,明洲,我换了工作,刚从《迷你小说》编辑部辞职,到《迷你故事》杂志社去了。我想把你的那三篇稿子也带去,我说过一定给你发表的。这点你放心,你一定要相信我。

明洲一下像泄了气的皮球。他知道,这个《迷你故事》是个三流杂志,没有稿费,还经常搞一些让作者付钱的征文。

还　钱

　　有人说，无意间在衣服里发现自己藏的钱，是一种莫大的幸福。可不是，这种幸福竟发生在我的身上。

　　这天，媳妇整理我不穿的衣服，准备拿回老家。媳妇说，能送人的送人，不能就当破烂卖掉，家里实在没地方搁了。我同意，可在媳妇整理我的一件西装时，突然惊叫了起来，我跑过去，问，是不是家里有老鼠了？媳妇最怕老鼠。媳妇手像被火烧了似的颤抖不已，脸上似笑非笑。我急了，说，你说话呀，究竟怎么了？

　　媳妇慢慢地坐到床沿上，用审视的目光盯着我，我笑道，别这么看我，生活几十年了，这么看我不习惯，弄得怪不好意思哩。媳妇"呸"了一声，问，这钱是哪儿来的。我这才注意到媳妇手里的钱，五张，五百块钱。我笑着说，媳妇什么时候跟自己偶像学会变魔术了。我媳妇最喜欢的明星是刘谦，成天说要学变魔术。

　　媳妇端坐整齐，说，严肃点，我是问你正事。这钱可是从你西装口袋里找到的。我心说看看口袋破了没有，没想到有意外收获。

　　口袋里？西装？我大半年都不穿了呀。我愣住了。

　　是不是藏的私房钱？我可看过你哥们写的小小说了，把私房钱都藏到书里了。

　　这不能，我也没外快呀。我解释。

可这钱是怎么回事呢？我冥思苦想，终于有了点眉目。

半年前，我刚搬家，想买台冰箱，把家里的钱统统拿出来，一合计还差三百。可冰箱还在优惠期，过了这个村就没这个店了。着急之下，就想起了儿时的伙伴小玉。小玉也在县城上班，虽比我小好几岁，不知怎么了，我感觉就跟他亲。

我找到小玉，小玉很痛快，说，我刚发了工资，给你五百块吧。用三百，另外二百零花，家里没一分钱也不成。

我千恩万谢，答应这个月的工资一到手，立马还他。

等领了工资，我早早地把钱准备好，去厂子里找小玉。结果小玉辞职不干了。打他电话，关机。怪事，这个小玉，走了也不吱一声。于是这五百钱就成了我衣服里的常住客。后来，竟忘了这事。

媳妇明白了这些，也没说什么。但寻找小玉还钱成了我一块心病。

后来，我终于打听到小玉家的事儿。父亲突发重病，撒手人寰。母亲改嫁去了外县。只剩下他和一个弟弟。

弟弟今年十二岁，因为家里的变故吵闹着不再上学。小玉拗不过，只好同意。为了能多赚钱，小玉带着弟弟去了内蒙古，说那里能淘金。

辗转多次，我终于得到小玉的手机号码，一听是我的声音，小玉有点喜不自禁，他说，想回家哩，想小时候的伙伴了，也想当年咱们光着屁股玩尿泥的时光了，在外面闯不容易，被人看不起，受气还不如回家哩。他唠唠叨叨地说个没完，我很认真地听着，听着听着，那头声音哽咽起来。我的泪也流了出来。我说，你个家伙，我还欠你五百块呢。小玉说，是真的吗？我怎么不记得，你是跟我开玩笑,是不是想跟我喝酒找借口呀?我回去后就找你去,你得管我吃、管我喝、管我睡,我住你家不走了,咱喝个够。

我表示同意。可没多久,我得知,小玉在那边的一个小煤矿里干活,因事故摔断了一条腿,现在工地上给人看场子。还找了个寡妇成了家,回家乡怕是遥遥无期。

我想起小玉,眼里就湿湿的。

绝　　画

共城方家,世代书香。到了方中信这一代,却成了扶不起的阿斗,为此方老爷子几乎和他反目成仇。方中信的爱好是做生意,用他的话说,是要做大生意,要成为整个共城最富有的家户。人问其何为大生意,他总是微笑不语。

方老爷子过世时,家里秉承书画学风,没给他留下多少钱财,却留下书画无数。方家在共城小有名气,富贵人家遇事多请方家前去挥毫作画,在小城也多能卖些银子。于是,方中信变卖祖传字画,在共城东置下相当规模的田产。可他仍然算不得城中最富有的人。因为在城西有户胡家,世代凭借百泉药交会的优势,倒腾药材,结交权贵,早已是城里的佼佼者。

胡子宇相中了方家的一块地。此地位于城中央,有阴阳先生看过,说在此处修筑一处庄园,可保子孙十代衣食无忧。胡子宇遣人找到方中信。方公子不信阴阳先生的话,他看上的是银子,就给胡家开了价。在胡家的来信中,加了三个字。等送信人把回信交给胡子宇,胡子宇面如土色,直骂方公子太过贪心。原来,胡子宇的信中有句"我用铺满那块地的银子来交换",被方公子在"铺满"前加了三个字"支棱着",好家伙,简直就是狮子大开口嘛。从此,两家交恶。

人们终于明白方公子口中的大生意是何意思了。光绪年间,朝政腐败,买卖官职蔚然成风。有人花巨资做官,自然就要拼命搜刮民脂民膏。方公子就是在此时成为共城县令的。他整日想着如何返本,三日一小税,五日一大税,把个小小的共城弄得鸡犬不宁。老百姓怨声载道,却敢怒不敢言。方公子家里日益富贵,听说,他正谋划着下一步的升迁。

又是一年百泉药交会,天下药商齐聚小城。更有千里之外的戏班子前来助兴,逐渐演变为集药贸、娱乐为一体的物资交流大会。卫辉府知府刘利明更是亲自前来,把共城的权贵集中起来,进行了为期一周的欢庆活动。上至官府,下至黎民,陶醉在一派歌舞升平之中,白天喝酒取乐,晚上则沉醉在温柔乡里,人们好不惬意。

忽一日,刘知府急招方县令晋见。见到方县令,刘知府既不看茶也不让座,先给了他一个下马威,让方县令心里如有鼓槌乱敲。

"老爷我要改改名字,怕引起你的误会,就知会你一声。"刘知府斜睨他一眼,慢条斯理地说。

方县令心里一咯噔,战战兢兢地问:"不知刘大人改为何名?"

"刘治方。"刘知府这话一说出口,方县令面如土色,浑身筛糠似的抖起来。

这不是明摆着出我的洋相嘛！我姓方，你叫刘治方，莫非是想让我……

回到家，方县令差人给刘知府送去一千两白银，不想很快被退了回来。

方县令一咬牙，又差人送去一绝色美女，这可是一位药商从苏州得来送给他的尤物。很快，也被退了回来。

从此，方县令有了心思，开始茶饭不思，夜不能寐。人日渐消瘦，整日哀叹自己命苦，后来竟卧床不起，眼看就要驾鹤西去。

有种说法在共城传了起来。胡子宇在方县令病倒的当天，家里张灯结彩，宴请宾朋，说他方县令还是毛嫩，他只花了十两银子，就搞定了方县令。那个刘知府最爱算命，胡子宇给他请了个算命先生，只略使小计就让刘知府改了名，从而打垮了他方县令。

方中信听了这话，越想越郁闷，最后一口鲜血喷洒出来，正好师爷拿着一张宣纸在床榻前让其发号施令，随着血点子落在纸上，他颤抖着手在纸上来回游走了一番。再一瞅，把师爷惊得眼珠子就要凸出来，面前赫然成了一幅栩栩如生的梅花图。此时的方县令呵呵冷笑两声，脑袋一歪，去了。

据传，师爷偷偷把方县令的印章盖上去，藏了起来。这幅《血梅图》得以保存下来。多年以后在国外拍卖，高达上千万元。方中信也因此成了共城历史上最负盛名的画家。

渴望成名的猴

我很快就要出名了,因为我要登上当地最有名的节目"我行我秀"了。

一大早,主人就用我最爱吃的玉米棒子慰劳我,说:练兵千日,用在一时,你可别让我失望啊。我点点头,我心里明白着呢,再说主人待我不错。想当初,我被一只灰狼追赶,由于地处旷野,也没棵树让我爬,不小心让灰狼咬了一口,就在灰狼痛下杀手时,主人出现了。他背着锄头,锄头被磨得光光的,在太阳底下闪着银光。灰狼一看主人,扭头就跑。跑出了很远,还回头看了看,我知道这只狡猾的狼想伺机反扑,想趁主人不注意来个一石两鸟,把我和主人都拿下。可我主人经验丰富,他一动不动地站在那儿,一直目视灰狼恋恋不舍地离开。

这时,我才发现主人两腿战战,刚才也许是吓怕了,呆在那儿,他一屁股坐在了地上。不管怎么说,主人救了我,看了受了伤,就把我抱回了家。

主人家真是穷,几乎家徒四壁,好一点的是,家里不缺我最爱吃的玉米棒子,而且都是刚从地里摘下来的,新鲜透着甜味,别说我有多惬意了。主人还懂些草药的知识,他跑到山上采了草药回来,用嘴捻碎了涂在我的伤口上,一个月后我的伤好了。主人赶我走,我没走,我得报恩不是?

现在流行娱乐,爬高可是我的强项。我一直跟着主人去地里干活,在路上被人围观时,我就狠劲地表演,让他们知道我会的绝活。慢慢地,竟在当地小有名气。

麻烦也接踵而至。动物保护协会的人来了,他们把我抓走了,对我进行了身体检查,看没有毛病,就要把我放生,幸亏离主人家不远,我摸索着又回来了。

一看我与主人这么亲近,他们就开始睁只眼闭只眼。因为我的报恩举动,还把我的事迹登上了报纸,顺便也提了我的绝活——骑独轮车。

有家杂技团来找主人,他们答应给主人一笔钱把我带走。主人摸摸我的头,好像在跟我商量。只要主人高兴,我就答应,只要主人能得到实惠,我就同意。那人带走了我,可在训练时,他们不是呵斥就是鞭打,也不懂我最爱吃的玉米棒子。就把我又送了回来。

我依旧跟着主人身后,他走到哪儿,我跟到哪儿,还一直表演,当地的小孩子都喜欢我,做作业之前,先来主人家看我表演。

主人也想带我看看大世面,他报名参加了"我行我秀"节目,据说第一名的奖金有一万元,这对我贫穷的主人还是相当具有诱惑力的。我在训练时也相当卖力,我知道我必须把这次表演做好,做好了我也许就成名,我会到更广阔的天地去发展,就会给主人带来更多的财富。

节目开始时,主持人在台上介绍我和主人,我听到台下一片欢呼。可当我们就要上台时,一位评委站了起来,他说:我们不能让这个节目上台,这是侵犯动物权益的行为,对动物是一种摧残,我们绝不能这样对待人类的朋友,因此,我决定,要么他们继续表演,而我退出;要么他们离开,我留下。

当时,全场一片嘘声,良久,有了稀稀拉拉的掌声。最后,主持人宣布,我们的节目取消。

我的成名愿望泡了汤,我一心向主人报恩却不料是这个结果,我该怎么办呢？放弃自己的初衷回归山林,还是继续留下来,在主人的家里表演,供当地人消遣？

无心插柳

大哥要做生意,全家人都很支持他。大哥以前骑着车卖过冰糕,那时候用棉花套好的小被子把木箱子武装起来,可以起到冷藏的作用。他进街串巷去叫卖。现在大家都用冰柜,那种方式早淘汰了。大哥还开过修理铺。给自行车补胎,一次一块钱,随便找个人多的地儿,支上摊就能营业。可没多久,市里创建卫生城市,一下子把这样的摊子全取缔了。大哥就思量着再干点什么。

这天,他找到我说想开饭馆。我吃了一惊,大哥虽说会做饭,那都是过年时做出来给自家人吃的,要真得开饭馆挣钱,怕是顾客不认账。可想个什么法子说服他呢。

没等我想出办法,大哥的饭馆就开起来了。在市新建街东头,一大间屋子,破破烂烂的。周围倒是有几家其他的店面,可都是美容、卖童车的。我给他建议,找个厂子周围,生意肯定会好。大哥说,那得多少租金呀,何况我都把这儿的租金给人家了。既来之则安之吧。

很快,我就发现另一个不利之处。大哥饭馆前方正好是个垃圾存放点。也就是说,一到傍晚,饭馆正前方是一个垃圾堆。这要是夏天,苍蝇也来凑热闹,可咋办?

一连几天,大哥的饭馆都是门可罗雀,他的眉头拧成了疙瘩。

这天,终于有两个年轻人来吃饭了。大哥却无心做饭。他把凉菜随便一拼就端上了桌。那两个年轻人夹了一口含在嘴里,就问大哥,您是不是忘加盐了。大哥没好气地说,我们这儿就是这种口味,你没听说吗?盐吃多了不好,再说喝酒淡点好。那你这酒——那两个年轻人还没说完,大哥就接上话说,我们这儿只提供一杯,也就是三两,多了不卖。也不准自己带酒。啊?那两个年轻人显然没听说过这出,咋?酒也是限量的。嗯。大哥不想跟他们啰唆,就钻进屋给他们做烩面。今天忘进菜了,只有韭菜。大哥随手舀进去点腥汤,加了点韭菜和两块牛肉,就端上桌了。两个年轻人明显感到不快,这不是打发叫花子吗?于是就动了不给钱的念头。

大哥也是在"江湖"上跑动的人,也不肯让步。大哥找了个很好的理由。两个年轻人没把凉菜吃完,他紧抓住人家不放,非要人家把菜吃完。两个年轻人的犟劲也上来了。于是,他们拉拉扯扯就跑到饭馆东头的十字路口。

围观的人越聚越多,人们议论纷纷。有人说,这家饭馆真有意思,人家没吃完也管;有人说,就是不能浪费,浪费是极大的犯罪呢。也有些女人在窃窃私语,自己的老公就得去这样的饭馆吃饭,只让喝三两酒……

没想到,大哥饭馆的名声出来了。现在都有人慕名而来,大哥都印了名片,想吃还得提前预约,否则就得等。

菜还是一样的菜,不加盐,不加香油,淡!饭里只有一小撮韭菜和两块肉,酒只能喝三两。

门前时常还有一堆垃圾。

你是一处风景

老李退休了。退休后的老李要重新把年轻时的一个梦想实现了。什么梦想:写作。

年轻时,老李发表过散文、随笔,后来因这些作品他被一家机关相中,自然而然地就从教师转行成为一名机关干部,一步步走过来,最后由副局长退休。

退休了,无所事事了,一身轻松了,闲得久了,腻了,心里就不安分了。他开始搜集年轻时的书籍,也开始买现在市面上的书。他特喜欢小小说,他欣赏郑州《小小说选刊》主编杨晓敏的话:小小说是平民艺术。任何人都可以读,可以写。他拿起笔来,多年的生活阅历让他妙笔生花,竟然在短短的一年内发表了近30篇小小说,还入了省作协。

这天,他读到一篇小小说,大意是有位交通警察风雨无阻地在十字路口义务值勤十多年,最后弄明白,原来他是一个精神病患者,他儿子因为车祸丢了命,他就日夜守在这个经常出事的十字路口,他值勤的这么些年,没发生过一起车祸。

老李合上书，心里澎湃不已。这个温暖又辛酸的故事让他感慨良多。

老李的孙子要上小学了，去学校要经过一条马路，是共城市的交通要道。每天学生上学的时候，都是车水马龙，拥挤不动。有的车子在路口调头，就会有一溜小车堵在那儿。吵闹声、咒骂声几乎成了上班时段这个路口的一处景观。

我该做点什么了，为了孩子的安全，特别是自己的小孙子明天就要上小学了。不说思想境界多高，单就这点，自己也不能无动于衷。

这天，他早早地来到这个路口。人还很少，老李站在路口试了试，自言自语地练了半天：请慢点；请让学生先过。不时地，他还给人们行个礼。

七点四十分，人一下子多了起来。自行车、电动车、摩托车、小汽车，蜂拥而至。

老李站在路中间，制止了车辆掉头：请到前面调头，谢谢配合。

他又用手拦住了经过的车辆：请让学生先过。

有位小朋友在经过时，速度有些迟缓。他快步上前，拉着小朋友过马路。

…………

八点十分，有辆警车开过来，停在老李面前，一位警察站在他面前，敬了个礼，问：请问你有证件吗？

老李摇摇头。

那你为什么来这儿捣乱？捣乱？老李气得两眼一瞪，我是为你们好呢！旁边围观的群众也说，这老头有意思，不过，人家站在

这儿还真就维持了秩序,你们人民警察得学习人家呢。

那位警察红了脸,竟支吾着说不出话。

有位"好事"的记者路过,第二天的报纸登出消息:冒牌警察打败了真警察。

很快,这个路口就有了真警察站岗,值勤。就有了警察领着学生过马路。

老李还经常到这里看看,他看到这里车水马龙,但秩序井然,舒心地笑了:我创造了这个城市一处最美的风景呢。

我还用努力吗

小亮爱写作爱疯了。这会有什么样的后果呢?

你想,一个农村里的孩子,成天要跟土坷垃打交道,他却成天在纸上写来写去,去投稿还得浪费信封邮票,村里有太多的流言蜚语,说他不务正业,说他癞蛤蟆想吃天鹅肉……

可小亮不管这些,他一如既往地坚持着。两年了,除了在当地的小报发表过两个豆腐块外,用去一大摞稿纸。他苦闷,彷徨,想到了去投师学艺。在小县城里写得好的当然要算作协主席李明灿了。

他在报纸上看到过作协主席李明灿的事迹,自然也了解到李主席的工作单位是文化馆。他求爷爷告奶奶,找亲戚借来十斤小米和五斤绿豆,这可都是绿色食品,城里人稀罕着呢。周一,他搭上车直奔县文化馆。

文化馆不大,一溜小房,院里有几棵梧桐树,把整个院子遮蔽得严严实实。刚进院,就碰见一老者,经过打听,李主席就在东边的第一间屋。小亮提着礼品就奔了过去。李主席打开门,问明缘由,很热情地把他让进了屋,详细询问了他的写作情况。小亮赶紧把新写的几篇散文拿了出来,然后像小学生一样站在李主席办公桌旁。

李主席看着小亮的稿件,一会儿皱眉,一会儿会心地笑笑,弄得小亮心里直发毛。最后,李主席把稿子放到桌上,说你很有基础,再加把劲一定可以写出好文章的。咱文化馆有本杂志,我给他们说一声,给你登两篇,对年轻人要多提携嘛。小亮听了激动不已,慌忙把手中的小米绿豆放到桌上,赔着小心说,你看我乡下人不懂事,把这事忘了。李主席脸一沉,这是为啥?有了这心思,怕是文章就写不好了。你一定要拿回去。说完,他看了看表,说,马上就下班了,你到我家吃顿饭,咱慢慢聊。小亮想推辞,李主席已经开始推他出门。

出了门,正遇见小亮打听的老者,老者热情地问,找到李主席了?小亮点点头。李主席接茬,这是我乡下的亲戚。出了院子,小亮说什么也不肯去李主席家,把礼品塞到李主席手里就跑走了。

很快,李主席就给他打来了电话,说是有个东西想让小亮写写。一家公司想让李主席写篇宣传文章,近段时间李主席得参加一些会议,脱不开身,就想让小亮先打下草稿。并且,要求小亮到文化馆拿了些资料回去。

没几天,署名李明灿的报告文学出现在日报上。小亮通读了一遍,除了题目几乎没有改动。随后,小亮就收到李主席寄来的100块钱,算作润笔费。

这么说吧,李主席隔三岔五就找小亮,帮他写一些公司、单位的宣传资料草稿,小亮总是尽心尽力去完成。登在报上,依然署名"李明灿"。逢年过节,他也总不空手地去看望李主席。见面,口中必恭敬地称"老师"。

终于有一天,李主席打来电话,说一机关想招一名文员,问小亮去不去。小亮一听两眼放光,天上掉馅饼的事呢。当即买了一箱露露和一条玉溪烟,去找了李主席,竟然成了。小亮由农村人一跃成了城里人,到了单位,踏实肯干的他很快就转了正,羡煞了一帮城里人。

年底,县作协召开总结会,小亮自然也在邀请之列。李主席在会上就问小亮,现在工作忙不忙?写作不能丢啊。

小亮不冷不淡地说:李老师,我以前写的那些报告文学,我想结集出版一下,你看可以吗?我想歇歇了,现在工作稳定了,还用那么费劲去写作吗?

李主席听完小亮的话,先是脸红,后来就成了酱紫色。

会生长的饭票

单位每天中午安排午饭,一顿两元,实际上是个人掏钱买饭票,一元钱顶两元使,单位补助一元。

这天,李明去吃饭时摸了摸口袋,失声说,呀,忘了换饭票了。他朝小亮这边看了看,小亮马上接过话说,没事,你来我抽屉里拿,我记得里面还有几张票。李明就说,谢谢你啊。小亮说,不客气,一个办公室的,那么客气,让人不舒服呢。

吃饭的时候,李明就到小亮的抽屉里拿了一张票。其实,小亮的抽屉里就剩下这唯一的一张饭票了。

李明想,一会儿找食堂经理换了票一定还给李明。一元钱,谁会刻意放在心上呢?吃过饭,有人找李明,让李明帮忙抬院内的花盆,一忙,李明就把这事忘到脑门子后了。

第二天,小亮去吃饭,他打开抽屉,把里面的书翻了个遍,最后说,我记得好像还有一张饭票呢。李明听了,脸一下红了,对小亮说,不好意思啊,我忘了换饭票,没法还你了。

小亮看看李明,说,我记得除了借给你的那张,应该还有一张,怪了,没影了。

李明赶紧解释说,今天我还没借你饭票。小亮说,我知道,要不我会找?

李明就想无论如何得换了饭票还给小亮,因为自己借了没还都影响人家吃饭了呢。

下午,李明就把小亮的饭票还了。小亮大度地说,放抽屉里吧,以后没有了,你只管拿。

这天,到了吃饭的时候,小亮去抽屉里拿饭票。咦,怎么又没有了?真是怪,李明借我的票好像还了,咋又没了,这票还长脚了!

李明听了,脸一红,说我是前天还你的,是不是你昨天用了?小亮说,我是说除了你的那张,还应该有一张,怎么就没了呢?他

看看李明,李明心里直发毛。

　　李明就想,我偷偷地放进去一张吧,别让这一元钱伤了和气。他就趁着小亮外出放了一张票到他的抽屉里。

　　第二天,小亮去抽屉里拿票,一眼就看见了这张票,他高兴地说,我说还有一张嘛,昨天硬是没发现。李明等小亮走后,又放了一张到他的抽屉里。

　　第三天,小亮去抽屉里拿票,他两眼放光地说,我真是老眼昏花,没想到还留了一张在这里。

　　第四天,小亮去拿票,没票。小亮就说,我记得李明还给我票了,这抽屉里还应该有一张呢。李明就红了脸,做贼似的偷偷地往他的抽屉里放票。

　　没事的时候,李明就想,什么时候谁能来借小亮一次票呢?

父亲的卑微

　　父亲是位普通且平常的人,而且在好些方面是个极端卑微的人。

　　那年,小亮七岁。七岁的孩子正是长身体的时候,每当亲戚家有红事的时候,父亲总是兴致勃勃地带他去,到了那儿,要吃上一顿肉菜大米饭,那香味儿几天都会在唇边停留,别提那有多带劲儿了。每当这时候,父亲总是说,吃,吃饱了几天就不会饿了。因此,小小年纪总是把肚子撑得圆圆的,像个皮球。长大了以后,小亮才知道,这全是家里没钱的缘故。

等小亮上学后,学费就成了家里的重要开支。每当小亮一周后来到家里,他就感到家里的黑道日到来了,父亲、母亲、哥哥等都愁眉苦脸的,为了他一周的生活费,也许就是二十块钱。为了这二十块钱,父亲得跑够十多家才能凑够,往往都是自己本家的人,或者干脆说,是父亲说尽好话才借来的。人家肯借的唯一理由是,父亲是个木匠,给他们做床、窗户时可以少要钱或不要钱。

小亮上大学时,生活费日渐高涨,每月至少要五十块钱。这可愁坏了父亲。家里养大的两头猪成了家里的银行,每天,母亲都要祷告,千万别让这两头猪生病,否则一家人的生计将成问题。家里的几只鸡,也不敢好好饲养,生怕逢年过节时,成为家里的盘中餐。

转眼间,小亮的哥哥在外面做生意有了起色,父亲当即说,以后,你们顾着自己就行,不要管家里的事情。小亮竟也神奇般地从教师一跃成了机关里的一名干部。说起来,是让农村里所有人羡慕的一家子。

天有不测风云。小亮家要拆迁了,这是大势所趋。用小房换大房嘛。换个环境好的,双气入住的,这当然要比原先住的好多了。但有一样,人家的要求是,当小亮搬走时,不准他搬走任何东西,也就是说,把自己的日常用品拿走,门、窗等必须留下来。

这夜,小亮的父亲偷偷地从老家跑了过来,十多里路。他来到小亮的家里,很快地就把灯泡、水管、窗户玻璃、门等都卸了下来。把一辆机动三轮车塞得满满当当。可等走的时候,却被守候在一边的拆迁办的人堵住了,父亲竟说,我是收破烂的,人家卖,我愿意买,你找主家呀,别堵住我不放,跟我没关系,我是花了

钱的。

人家就找小亮,小亮哑口无言,没法就答。

后来,小亮回老家,跟老父亲说起这事,父亲得意扬扬地说,你们年轻人就是缺少经验,这些旧家什不显山露水地就节省好多钱,哪样儿拿到咱农村都是好物什,你得知道怎么过日子呀。

小亮没说什么,只是在家里那疙瘩传开了,小亮他爹真是见小,家里的物件弄得干干净净的。

当然,也有人羡慕。谁让他们没有这样一位父亲呢,只好吃个哑巴亏了。

调　　解

小亮媳妇回娘家,吵着闹着要小亮陪着去。小亮正在发愁没挖掘出有新闻的事情,领导几次在会上不点名批评他呢。可现在,媳妇命令难违,不得不停下手里的活,到超市买了露露、伊利奶、不老鸭和20斤鸡蛋就出发了。

他们来到共城东汽车站,搭到新乡的公共汽车。没想到车站人来人往,拥挤不动。他们拎着礼品从人群中穿插而过,小亮叮嘱媳妇,你可抓紧我,别跟丢了。

车站外,有几家出租车在吆喝:新乡了,新乡了,跟公共汽车一样便宜,五块钱,马上就坐满,现在就出发,不用等了啊——

他们争相吆喝,把车站弄得像个集市。小亮和媳妇正往前挤,有个染着黄头发的小伙儿拦住了他:哥,坐我的车吧,你看人这么多,一会儿上去也没座,你站着去新乡,六十里路呢。说着,还比画了个六字。

小亮有些犹豫,他扭头看媳妇,想征询一下媳妇的意思。

马上又有好几个看上了他,呼啦一下,围过来三个人,问:大哥,坐我的车,我车上正好缺两个人,一上车马上走。

那位黄头发的小伙不干了,上前就把小亮扛的露露和伊利奶接了过来,你们有没有个先来后到,大哥已经答应坐我的车了。

他这一闹,那三个人中有位穿牛仔裤的年轻人不乐意了,嚷,凭啥坐你的车,坐谁的车大哥说了算,是吧?大哥。说着,他已拉过小亮媳妇,往自己的车边走。

那黄头发小伙一看事儿要泡汤,连忙拉着小亮走。

就这样,小亮被黄头发拉走了,他媳妇被牛仔裤拉走了。

小亮媳妇一看这阵势,急了,扯开喉咙喊起来,救人啊,抢人啦!

她这一喊,吸引了大家的注意。在人群中,有几个戴大盖帽的匆忙往这边赶来。

其中一个像是头儿。他瞪着眼朝那位牛仔裤骂道,你个小王八蛋,你李叔值班,你也敢拉黑活儿宰客。这位牛仔裤一怔,小亮媳妇从他手里挣脱出来。

那边黄头发也松开了小亮的手。

两个人像牛郎织女重聚。小亮媳妇嘴里还一个劲儿地说,吓死人了,吓死人了。

那个大盖帽冲他们一笑,说,没事了,虚惊一场,没事了,你们赶快去搭车吧。

这事就完了？小亮问。

你还想怎么着？把他们抓起来关进牢里？拘留所早就爆满了。

这事就这么完了？小亮想不通,想不通的他就写了一篇小消息投给了报纸,没几天就登出来了。

相关部门很快给他写了封感谢信,说谢谢他提供这样一个线索,还说欢迎广大群众多发现这样的问题,并对他们的工作提出宝贵意见。

小亮心里纳闷,这样的情况不会是才发现吧？

几天后,小亮才明白,上边要来检查组,检查的重点之一就是超载超运和不合理竞争现象。怪不得,这次他们整改的速度这么快呢。

老　　皮

老皮抠,又姓皮,背地里大家都叫他"啬皮"。老皮很精明,当然也知道大家这么叫他,他振振有词地说:我不省行吗？我一个女儿两个儿子,负担大着呢,还得盖两座房子,不省不行啊。这话在理,在我们农村,儿子娶媳妇没有新房几乎没有希望,要是再娶个我县西边那几个乡的女孩,光彩礼就能要死你！况且自己女儿是个大的,马上要出嫁了,置嫁妆得花钱,眼下物价一个劲儿往上蹿,想起这些,老皮都快愁死了。

尽管这样,可女儿不能不嫁。老皮一直央求老伙计老孟给他女儿说个婆家。老孟也给他女儿说了几个,人家一听是老皮家的,都直摇头,说:那闺女没得说,可老皮太抠,说不定我们得花大钱给他彩礼。老孟回来给老皮一说,老皮脸一横:那当然,我女儿这等好人才,白养活二十多年啊。这事就搁下了,眼前女儿成了大龄青年,又让老皮愁上了。

这天,老孟来找老皮。老皮一脸喜色,问:给我闺女找个好人家了吗?屁!老孟说,是另一个喜事哩。啥喜事?老皮伸长了脖子听。老孟说:你不是想去看《梨园春》吗?我儿子给我捎来两张票,咋样,咱哥俩去?老皮摇摇头:咋不让嫂子去?别提了,你嫂子是烂泥抹不上墙,没出过远门,不愿去。老皮一脸惋惜:可瞎啦。老孟说:我知道你好听戏,走吧,做个伴。老皮还在犹豫,老孟说:我不给你要钱,咱还要在城里住一晚,住宾馆的钱也归我出。老皮这才像下了很大决心似的说:好吧,给你个面子。老孟呵呵地笑了。

戏绝对精彩,都是名角,两个人看得津津有味。看过后,两人住进了一个招待所。一晚上每人二十元钱。老皮听了直咂嘴:太贵!老孟一捣他:我掏钱,你磨叽个啥?

招待所比家里舒服。这是老皮住进去后的第一感觉。一会儿人家来问这个要不要,一会儿又来问那个要不要。老皮不敢吭气。老孟一个劲儿说要。老皮捅捅他,老孟说:这都包括在住宿费里,不要白不要。老皮脸一红,叹自己见的世面少,谁让人家老孟有个出息的儿子呢,隔三岔五都来城里住一段。

转眼间,又过了一年,功夫不负有心人,老孟终于给老皮的女儿找了个家儿。家庭情况还很好,邻村的,人家不嫌他抠,还说这样的人会生活,老皮真是喜出望外。人家很利索地给了老皮上万的彩礼。

到了谈婚论嫁的时节,老皮破天荒地请了一桌。把"媒婆"老孟也请来了,和对方约好去买嫁妆。因为高兴,老皮就贪了杯,喝得摇摇晃晃。可正事不能耽误,更不能改期,一行人就直奔城里去。老孟不想去,双方都一致要求,都说:你是中间人,万一有个什么事儿不是好说嘛。老孟拗不过,只得跟了去。

到了城里,真是一个花花世界,老皮一个劲捂自己的腰包,这是老皮媳妇临时给他缝在内裤里的一个"保险袋"。老孟打趣说:你老弟喝多了也丢不了钱。这一说,老皮竟有些飘飘然,风一吹,就更加昏昏沉沉了。

来到家具大市场,好家具让人目不暇接。老皮双腿都站不稳了,他扯扯老孟的衣服:你给我留点心,别花太多钱。老孟看看他神秘地笑了。

来到一个大立柜旁,标价2000元。问过后,在一旁耷拉着脑袋的老皮问老孟:多少钱?老孟眼珠一转:什么多少钱,你忘了咱住宾馆?老皮一听仿佛自己真的置身在宾馆里了,脱口而出:啊?不要钱,要!他真的把这儿当成宾馆了,把家具当成一次性的牙膏牙刷了。又来到一个家电专卖店里,同样的,老皮问老孟多少钱,老孟训斥他,怎么老提钱。老皮一听,又不要钱,张口喊道:要!把跟来的亲家看得目瞪口呆,这么说吧,不多一会儿,就定了好几样,还都是名牌的,人家问了地址,开车就给送回了家。

回去后,亲家逢人就夸:谁说老皮抠,正事上大方着呢。

酒醒后,老皮懊悔地直想拿脑袋撞墙,可也得认下这个哑巴亏,嘴上还很硬地说:我这人不糊涂,该省的要省,不该省的坚决不能省!

神秘人在行动

棋盘巷里住着一位下岗工人,叫陈钢,他好不容易找亲戚朋友凑了一千多块钱,在市里的繁华地段摆了个小摊。怎奈自己没有应有的手续,被工商撵得团团转。这天,他正在家里怄气呢,接到一个电话。

电话是孩子的舅舅打来的。孩子他舅叫王松,是近年来本市出名的暴发户。自己新近开了一家洗脚城,人手忙得顾不过来,他在电话里问陈钢能不能伸把手帮帮忙,具体工钱好商量。陈钢当即答应下来,自己人还说报酬不报酬的,反正自己当下无事可做。王松听了特别兴奋,说,你要能来就抓紧,明天我就要开张,活儿特多。

第二天,陈钢赶到城区的稻香路上,远远地就看到一家洗脚城矗立在眼前,鹤立鸡群一般。陈钢一边感叹着一边朝里边走。王松一看陈钢过来,递过一支烟,就说你看着啥活能伸把手就先干着,急需要你时我找你,就先不招待你了。陈钢笑笑说,我不金贵,你忙你的!说着话,陈钢就动起手来,一会儿工夫就累得满头大汗。

干了一会儿,陈钢就发现有好多人正在往洗脚城的前面挂祝贺条幅。他看了一下,有"长城长商贸城"送的,有"共城春酒厂"送的,还有一家"缘缘堂"送来的,五花八门各行各业都有了,这

些条幅在风中扑扇着,像只只手臂欢迎客人。等那些人把条幅挂完了,陈钢就发现了一个问题:还剩下一块没挂满,就好比一个大姑娘往脸上搓粉,独独留下一块,咋看咋不顺眼!

看着看着,陈钢就灵机一动,为什么这些祝贺的条幅里没个工商部门的呢。当初摆摊时,那些大盖帽威风极了,回头说不定王松能让我在这里谋个活儿,我得帮帮他。陈钢想到这儿,就真的跑到外面一家彩印店赶制了一件条幅:共县工商局贺××洗脚城开业大吉。陈钢想,这个条幅只挂一天,还是夹在这些条幅里面,到晚上就摘掉了,神不知鬼不觉没人知道,再说还能把那张"大花脸"给挡严实了,岂不是两全其美的事!

把做好的条幅拿回来时,正好有人忙不过来喊他帮忙。陈钢就把王松七岁的儿子小涛叫到跟前,用手朝楼上一指说:"小涛,看到楼上那些叔叔了吗?把这个条幅给他们送去,乖!"王松的儿子颠颠地跑了上去。

紧张热闹的一天很快就要过去了。傍晚时分,陈钢和一群帮忙的正在吃饭喝酒,突然从外面闯进几个警察,为首的进去就问:"谁是老板?"王松一脸惨白,战战兢兢地应答着。这位警察说:"我们接到举报,要例行检查。"说着一亮证件,就进了屋。不多一会儿竟从不同的房间里揪出几位年轻漂亮的女孩来。王松低下了头,被警察带走了。

所有在场的人都惊得目瞪口呆。

后来,陈钢是从报纸上了解到这件事情的来龙去脉的。几天后的晚报用了几乎一整版的页面介绍这件事。原来,有位记者从王松的洗脚城跟前过,就发现了在洗脚城前面上挂着的工商局祝贺的条幅,拍了照片,就直接给举报了,并且说一个行政执法部门给一家洗脚城开张送祝贺条幅,这能是一个正常的事情吗?背后会不会有猫腻?经过公安突然检查,果然就从这家洗脚城里抓走了十几位年轻女孩子。一家洗脚城未开张就关停,这在共县是首次,老百姓为此拍手叫好。与此同时,经过调查,共县工商局有关领导虽未参与此洗脚城的任何活动,却查出他们违规收费达百万之巨,有关人员受到严肃查处。

在报纸的最后,还提到这个条幅究竟是哪位神秘人送去的,成了一个谜。洗脚城的老板王松也搞不清是谁送来的,他一个劲儿地叹息摇头,说:"做不得亏心事啊,老天爷长着眼睛呢。"

陈钢仔细地看了看配发的图片。天哪!那张条幅孤独地挂在洗脚城的前面上,左右挂着的条幅离它十几公分远呢,谁都能看得见!

我家的菜园子

我妈突发奇想,想在房上种菜。房上没土,趁着星期天,妈和爸借来一辆手推车,从三里远的地方推回来一些土,一桶桶提到房上。还把以前存的砖头翻出来,垒了一个五米长、两米宽的小菜园子。我妈从超市买回来菠菜、芫荽种子,还种上了大蒜。一个月后,就长出细细密密的绿油油的蔬菜来。

我隔两天就给它们浇水,它们很争气,长得郁郁葱葱。妈、爸和我给这片绿园子起了个好听的名字:留园。意思是永远留住这片绿色。每天放学回家,我总要跑到房上去看看它们,听听它们说的悄悄话。

后来,我参加了一个美术班。这天,老师布置一个作业,让画一下家里的绿树。家里没树,我决定画画我们的菜园子。

面对真实的菜园,我的激情迸发出来,铺好画纸,把笔拿端正,"唰唰"地画起来,笔笔到位,很快我的作品"留园之春"就画好了。很快,在班上被评为优秀作品,还参加了市里的中学生画展,一不小心获了个二等奖,上了报纸和电视。在周一升旗时,学校专门安排我在全校师生面前做了演讲。我就从我家的菜园子说到绘画,一直说到获奖。我家的菜园子一下子成了"名园",竟吸引了我的小伙伴前来参观。

小伙伴们要来参观,父母自然高兴,自己的劳动成果受到了大家的欢迎和肯定嘛。我妈还特地买回来苹果,哪位伙伴来了,就削好递给人家。小伙伴都愿意到我家来。渐渐地,高年级的同学也有人慕名而来,他们先是问我,我不好拒绝,一般都是点头同意。直到有一天,我妈把我叫到跟前,说,咱家不能老这样啊。我和你爸耽误了好几次工作,晚上你爸要写东西,可你的同学来了,他得接待。我也有事,我们都不在家,你领同学来我们也不放心不是?是这么回事,我点点头。再有人来我家参观菜园子,我就直接予以拒绝。可结果是我没有料到的,小伙伴开始疏远我,说我骄傲,怕他们赶上我的绘画水平!天,怎么会这样。

自从我家的菜园子"出名"以后,也吸引了我们的邻居。李嫂、张伯、杜叔叔等都到我家来看过了。这天,李嫂来到我家,犹豫着似乎有话要说,妈问,你说,有什么事?李嫂说,你侄儿有病,我想给他做顿面条汤,需要菠菜,可超市里的菜,你是知道的,都打药,我想借您一把菜。哦,我妈明白了李嫂的意思,赶紧来到房顶给了李嫂一把新鲜透着水珠的菠菜和芫荽。李嫂千恩万谢而去。几天后,张伯也来了,他说孩子他伯母不舒服,想弄个酸汤喝喝,咱这儿离超市远,想到你家的菜,就想——呵呵,要不我拿钱买?看着张伯一脸真诚,我妈怎么好意思要他的钱?也送了一把菜给了张伯。这么说吧,前后邻居几乎都来我家要过菜。可我家却很少吃上,我妈说,菜本身不多,给了这家不给那家,不好看。所以,我们小心呵护着菜,生怕别人不够吃。

不久,我们把菜园子拆了。邻居听说后直摇头,就问为什么。我妈说,种了一茬菜,土都不肥了。再去弄土,嫌麻烦,跟你们可没关系,千万别往心里去啊。邻居脸一红,嘴里嘟哝着,你们这话说的!

真是莫名其妙。

养 猪 卖 猪

我们养两头猪吧,饭吃不完扔掉挺可惜的。当白嫂跟白哥说这话的时候,眼里满是憧憬。

白哥自然知道,她并不是心疼这剩饭剩菜,这剩饭剩菜才有多少,能养活两头猪?

说干就干,两人很快就打听出村里有家养猪户要卖猪娃。他们早早地到来,挑选了两只长白猪娃。这猪娃真漂亮,白白胖胖的，白嫂凑近看，伸出手来，那两头小猪娃就用嘴舔她的手，痒痒的。当即拍板，就要这两只。

回到家，把西屋地基用围栏围了，还搭了一个窝，就算给两只猪安置了新家。每天，白嫂就把剩饭盛了放进槽里，小猪拱着，"唧唧"地吸吮着，看着可爱的小猪，白嫂欣慰地笑了。

可小猪也和人一样，会生病。有一天，小猪窝在窝里不出来，白嫂进去用手一摸，坏了，怕是发烧了。她抱起这只发病的小猪去了村卫生所。村医李大头笑着说，你比伺候小孩子还尽心呢。白嫂说，这是条命哩。村医打了针，说以后别抱着它乱跑，跟我说一声，我去。养猪的都忌讳这个，万一是什么传染病可就坏了，它一传染起来就一窝，甚至能影响整个养猪场。白嫂吓得脸煞白，紧张地问，这次得的不是传染病吧？那当然不是。李大头笑着回答。

很快，家里的剩饭已不满足小猪的需要了，不，是大猪了。白嫂就跟白哥商议，是不是买点饲料？白哥说，现在报纸上，电视里老报道瘦肉精的事儿，饲料怕也不是好东西。那我就割野菜喂它们。

每天，白嫂就跑到地头找野菜，回家剁碎了，掺在饭里喂猪。猪很争气，慢慢地大了起来。

听说村口的小吃店天天都有剩饭，白嫂就跟白哥商量，是不是买回来？白哥一听：那是咱本家，我去问问。一问，果然人家说，自己一家人，不说钱，谈钱伤感情。反正也是扔的东西，也省得找地方处理了。白嫂每天就高高兴兴地挑来，把两头猪养得又白又胖。

似乎是眨眼间，两头猪就长大了。一百七八十斤，实在是不能再喂了,再大就没人要了。一听说要卖猪,早有猪贩子找上门来,谈拢了价钱,就开始装猪。

他们用带钩的木棍抓两头猪。一下钩住猪的下巴,马上就渗出血来。白嫂听着猪的嚎叫,像自己身上掉下块肉来。就在猪被装上车的时候,白嫂的泪就掉了下来,她躲得远远的。等猪的叫声渐渐听不见了,她才回到家,她对白哥说,它们走了吗?他们把猪拉走就杀了吗?白哥说,咱们养猪不就是等这一天吗?

白哥拿着手里崭新的票子,说,儿子上学的学费有着落了。

没过多久,白嫂又买来两头猪娃。

大 雨 过 后

快下班的时候,外面突然狂风大作,清亮亮的天霎时阴云密布,眼看就要有大雨降临。大热的天让人感到了丝丝凉意。果然,不一会儿,雨阵的沙沙声由远及近像千军万马奔腾而来。芫的心也跟着一阵紧一阵松的,心里莫名地烦躁起来。

"姐儿,来两局。"穿得妖里妖气的荷盛情相邀,"三缺一。"不知从何时起,机关里也盛行起斗地主来,女人也上了场。好多男人都说,她们打牌比男人都厉害呢。

芫看看荷,荷穿着很暴露,也很性感,是个嘴上不把门的女人,什么都敢说。芫伸了一下懒腰,犹豫不决的样子。荷急了,嗲声嗲气地说:"陪姐妹玩玩嘛。"

芫看看外面正下着倾盆大雨，一股不知从哪儿来的豪气："我打个电话，一会儿就过去。"

荷的眼里就诡秘起来："还惦着那个榆木疙瘩！"

一句话让芫心里痛了一下。芫的丈夫是个教师，按当地的习惯看法，一个机关的公务员嫁给一个教师，似乎有点门不当户不对。当初的芫刚从大学毕业，一脑袋的"奇思异想"，固执地认为要找个踏实的男人为伴。跟现在的丈夫接触的时候，的确让芫感到了一种安全感，这个男人不会甜言蜜语哄她开心，甚至连一点讨好她家里人的行为都没有。好多人劝她，包括家里人都劝她，现在的社会得找个能说会道的，否则就穷一辈子吧。不幸的是，这个预言似乎应验了。

于是，他们之间的磕磕绊绊就多了起来。

丈夫也成了女伴们嘲笑的对象。这也难怪，比方说荷成天生活得风生水起，她有骄傲的资本。她丈夫早已成了百万富翁，身上的名牌三天一小换五天一大换，吸引了单位不少男士的眼球。荷成了众人心目中的女神。可想当初芫是一点都不比荷差的，身边的男人一大溜，都说她是挑花了眼才走到这一步，好多人为她叹惜摇头。

可出于礼貌也该给他打个电话吧。芫心里想，反正下着雨也回不了家。

她拿起手机给他了打个电话："外面下着雨，我刚好有点事，晚点回去。"

对方问："啥时候回家？"芫还没答话，却发现自己的手机没电了，她恨恨地摞在了桌子上，这破手机！

很快，芫就加入了她们的战团。荷说："既然芫难得玩一会儿,咱来个小的,五元。"大家一致同意,芫就感到脸上火烧火燎的。

今天,芫的手气好,当地主一路过关斩将,眼前堆成了一座小山。

不知什么时候,荷的丈夫站在了芫身后,他是专门来接荷的。他高高大大的身材,被一身名牌浸润得神采飞扬。荷的丈夫对芫当地主很感兴趣,一直在她身后当参谋,嘴里不停地夸她如何如何聪明,有姐妹就揶揄着,荷的丈夫成了成功女人芫背后的男人了。一阵嬉笑过后,芫就更加得心应手了,好久没有这么痛快地玩过了。

天下没有不散的宴席,终于有人打起了哈欠,推牌不玩了。夜已深,荷的丈夫对荷说,我送送芫吧,往她家走的路不好走。这个建议得到荷的同意,芫满脸感激地钻进了荷丈夫的奔驰里。

回家的路的确不好走,可芫坐在车里如履平地。荷的丈夫不时地看着芫,把芫的脸看得红扑扑的,车里回荡着暧昧的音乐,竟让芫有点魂不守舍了。

突然,荷的丈夫伸出一只手臂把芫揽了过去。芫挣扎了几下,就软绵绵地靠了上去,芫发现他的臂弯很温暖。荷的丈夫说,我见了你几次,就再也忘不了你了,我可以给你你想要的。说完,又把温暖厚实的唇凑了上去。芫心里一阵慌乱,赶忙把他推开。

家就在前面,楼下年久失修,早已是坑坑洼洼。芫就一再坚持要走过去,她怕丈夫看见了不好解释。

荷的丈夫松开了手,那我给你打着灯,你慢点过去。芫下了车,借着车灯的光亮蹒跚着往前走。

这时,对面传来一声喊:是芫吧?你先别过来,这儿有一个大水坑,你等着我去背你。不一会儿,一个人影闪到眼前,这个人浑身都湿透了,嘴里还说,我下班没注意,就掉进了水里,给你打电话关机,也不知道你啥时来,就一直蹲在这儿等你,衣服也没敢去换。

芜像只小鸟扑进了丈夫的怀里。

对面的灯突然熄了。

失而复得的鞋

那一次,哥送他去上学。从家到学校十多里,哥骑自行车去送他,他坐在后座上。那天,他穿着很软和的凉鞋,是父亲十二块钱买的。

家穷,他难得添置衣物。可他是寄住在姑姑家,也就是说,是在姑姑住的地方——一处很有名的风景区上学。这是大家心目中的大地方,自然不能太寒酸,在几经踌躇后,父亲才终于下定决心给他买了双凉鞋。

他在自行车上一直把脚抬得高高的,生怕不小心擦着自行车的车带,怕弄脏了或弄坏了他的鞋,对它们像对自己的心肝宝贝一样呵护着。渐渐地,他就没了力气,两脚自然地垂了下来。开始,他哼着歌,动不动把两只脚晃悠着,尽情抒发着内心的激动和兴奋。明天,他再上楼梯就可以大踏步地上去了,他还可以用力地踩出声音,而不必顾及别人的眼光。他还可以在上体育课(那时候上体育课不必穿运动鞋)的时候,快速地跑两步,到篮球栏下试投两个球。他甚至可以在学校组织外出的时候,故意出出风头,到水里或其他什么地方露一手,疯玩一场。

他有那么多的憧憬,他想一步就能跨进学校。

也不知过了多长时间,哥说,到了。他猛醒过来,学校的招牌已在眼前。他抬腿下车,发现自己的腿已然麻木,双脚着地没有任何感觉。他狠劲地踏地。一股凉气从脚底直蹿到脑门,一只脚上的鞋不见了。

震惊!愤怒!沮丧!失落!……一下子让他失去了思维。哥催他,还不快点上学去。泪水在他眼眶里打转,哥意识到什么,这才看到他脚上没有鞋!哥也吃了一惊,咋,你把鞋丢了都不知道?他绝望地朝哥吼道,这下你开心了,你不是说爹偏心只给我买鞋了吗?说完,扭头进了学校。

哥呆立在那里,一直目视他垂头丧气地走了进去。

他跑到学校的宿舍,那里有几位远路的同学居住,他的一位要好的同学把鞋借给了他。

中午放学以后,他刚到姑姑家,就看哥正朝他笑。哥说,我想用今年捉蝎子赚的钱给你买双同样的鞋,可一直没找到。我只好从今天我们来的路上去找。嘿,还真不错,让我找着了。你看!哥背着的手里已然多了一只鞋。

他惊讶地看着鞋,"哇"的一声哭了起来。哥拍打着他的肩问,鞋回来了,你哭什么?他说,我的那只鞋让我扔到学校的垃圾堆里了。

哥愣了一下,没事,我去找找看,你先吃饭。

吃完饭,哥没来。他倒在床上,想鞋,想哥。后来,就迷迷糊

糊地睡着了。他梦见了哥拿着鞋正朝他跑过来。

他眼睛一睁开,就朝床下看,没有鞋。心一下子被失落填满。

来到院里,却见窗台上赫然摆放着自己的那双鞋。

姑姑说,你哥回去了,他怕吵醒你,就走了。

对了,他在垃圾堆里找到了那只鞋,上面脏了,你哥把它们洗净放到窗台上晾晒,你看干了没有?

他含着泪在心里喊着,哥——

蜻　　蜓

亮子蜷缩在角落里,思绪万千。他脑子里像放电影一样回想着那天的事。

那是盛夏的一个傍晚,他从地里回来,走到村子西边的池子旁,他想洗个手。他扫视了一圈周围,青草郁郁葱葱,有朵狗尾巴花上还落了只蝴蝶,黑白相间,特别漂亮,偶尔还有只蜻蜓飞来飞去,一会亲吻下叶子,一会飞到水面上。亮子就想能洗个澡多好。他从坡上向下走,这才发现水池边上已有了人,是经常到村子里换香油的。亮子嘴角就流出口水来,他想到妈妈摊的煎饼来,薄薄的,滴上一二滴香油,太好吃了。

换香油的,主要收一些芝麻、棉籽之类的东西。他戴顶破旧的草帽,趿拉着一双破布鞋,口中常常抑扬顿挫地喊:换香油咧,不香不要钱喽。芝麻、棉籽都要啦。

亮子妈总是说，家里没芝麻了，换不成香油了。这么说，亮子家穷，不到逢年过节，一般是不换香油的。

于是，亮子就格外羡慕换香油的。他怎么那么多香油？他的孩子肯定特别幸福！亮子就狠狠地盯着换香油的，盯着他那亮闪闪的后脑壳。

亮子来到换香油的身边，换香油的也没发觉。只见他洗了洗手，抹了把脸，脱掉鞋，也把脚洗了，然后舒坦地伸了下懒腰。这时，一个秘密被亮子意外发现了，换香油的迅速把脱掉的鞋伸进水里，盛了些水倒进左手边的油壶里。天哪！换香油的这么坑人啊。

亮子气不打一处来，原来村子里的人吃的香油兑了水，还是用臭鞋舀的水。亮子双手照准换香油的肩膀就是猛地一推，换香油的一下掉进水里。他边挣扎边大喊救命。亮子一下子手足无措，他不会游泳，很快他就感到事态的严重，一扭身跑了。

亮子吓得躲在家里几天没出来。后来，他出门打听了一下，换香油的差点死掉，现在还在医院躺着呢。他掉进水池子的原因，说什么的都有。有人说，换香油的不小心掉进了池子里。也有人说，换香油的中暑犯了病跌进了水池里。

但很快，就有民警来调查了。又很快，把亮子带走了，进了拘留所。

亮子还在怔怔地瞅着外面的天空。空中没有一丝云彩，如果自己没进来，这时应该在地里刨着花生吃着香甜的花生吧。

这时，他看到一只蜻蜓在空中飞舞。它的翅膀是彩色的，尾巴很长，像彩绸在挥舞。这是一只风筝。

亮子眼前又幻化出家乡的情景。在他的房后，种着一溜花椒树,树间生长着好多花草。一到傍晚,成群的蜻蜓就结队而来。他们从东飞到西,从南飞到北。一会儿还可以看见它们咬耳朵,时高时低,表演着自己的绝技。几个调皮的孩子就跑过来,高举着荆棘抓蜻蜓,嘴里还不停地喊叫着:蜓蜓蜓蜓,你快来,我给你个甜花生。有些蜻蜓不小心被打中了,孩子们就兴高采烈地把它们放到蚊帐里。第二天,就赶紧把它们放了出来。碰见有蜻蜓被打坏了翅膀,孩子们就把它们轻轻地放回到树枝上。每每这时,就有大人吼叫,别闹了,这是益虫,专吃蚊子的……

亮子想着想着就哭起来。

这时,有民警来问怎么回事。亮子抹抹眼泪,说,我想变成一只蜻蜓。

莫名其妙!民警摇摇头,走了。

我要自由——

亮子朝民警的背影喊着。

韭 菜 刘

三里屯,是这个豫北小县最有名的蔬菜生产基地。

一年四季,这里都是郁郁葱葱,特别是夏天,西葫芦、黄瓜、茄子……真是应有尽有。在村子的东北角,有家姓刘的种植户,他只种韭菜,远近闻名,被大家亲切地唤作"韭菜刘"。

韭菜刘种的韭菜确实好,闻着那股香甜直窜入人的鼻孔。有人动过脑筋,问韭菜刘这韭菜种子是从哪儿弄过来的。韭菜刘都是只摇头,没了话。人们就说,这货,还藏着掖着呢。韭菜刘不想说,怕别人笑他迂,他为了找到好种子,可费了不少老劲呢。

那次,他串亲戚,路过方山。刚下了点小雨,他看见好多人往山上跑,就问干什么去。有人说,你不知道吗?山上有山韭菜,弄来摊成小煎饼,能香死人呢!那时候,人们生活还不宽裕,这还真是经济实惠。他就也跟着大家跑到了山上,仔细搜寻着山韭菜。山上的野韭菜不少,被雨水打过,更显得干净清澈,拿在手中给人别样的亲切感。

从那以后,韭菜刘就开始往山里跑,远远近近的山上快跑遍了,他把那些山韭菜的根也挖了出来,小心翼翼地运到家,在自己地里栽下。历时几个月,终于移植成功。韭菜割了一茬又一茬,味不变。卖的时候,自然都是好价钱。

不知从何时起,三里屯种韭菜的多了起来,韭菜刘的邻居张三家也种上了韭菜,奇怪的是,张三家的韭菜长得太旺盛了。你看那宽宽的叶子,粗粗的茎,不细看还以为是小葱呢。拉到市场上也好卖,而且价格也比韭菜刘的高。这一比较,韭菜刘就坐不住了,他挑上桶,到自己粪池里挑粪汤,给韭菜施肥。韭菜长出一茬,依然没有张三家的大。韭菜刘迷惑了。

他偷偷地看张三种韭菜,也没见张三去侍弄,韭菜怎么长得这样好?偶尔见张三带上喷壶去打药,除此之外,就没了动静。

韭菜刘家的韭菜越来越不好卖。张三家的二小子很快就骑上了摩托车。

这天,韭菜刘吃过晚饭没出去聊天,他打开电视看那些无聊的宫廷戏。9点的时候,电视里播出一档世象观察的节目。节目报道说,现在的黄瓜,不知喷洒什么剂,一夜之间就能由小指大小长成尺把长,还有韭菜,能长成小葱,被称为毒韭菜。原来如此,韭菜刘关掉电视就出了门。

第二天,张三家的就开始在大街上骂开了,说有人把地里的韭菜拔光了,那可是二三千块钱呢!谁干的?这个遭天杀的……后来,越骂越难听。

韭菜刘开始活跃在菜市场上,他对来买韭菜的顾客反复解释,自家的韭菜是纯天然的,绝对没上药。他见一人解释一次。张三家的婆娘找了过来,扭住韭菜刘让给个说法。

围观的人越来越多,大家对韭菜刘指指点点。这个韭菜刘,见人家的生意好,就动了歪脑筋,真是没天理啊。你说,人家打了药,你有什么证据?……指责韭菜刘的人,难听话铺天盖地。韭菜刘捂住耳朵,有人竟拿木棍朝他背上打了一下……

韭菜刘病倒了,一躲三个月。再出来,背也佝偻了,头发也白了一大半儿。他拄着棍子在村里游荡了一圈,有好多人惊奇地看着他。几位老哥们跟他说话,他全然不理。他又到村边的菜地里,那里已经没有了韭菜。只有他家的菜里,长着尺把高的韭菜。好几个顾客站在地头,他们等着称韭菜呢。

见到父亲来了,韭菜刘的儿子赶紧跑来,说,爹,让你在家歇着,你怎么跑来了?

旁边有顾客搭腔,老哥,还是您的韭菜好啊,天然,健康,没农药。

韭菜刘蹲在地上,双手捂脸哭出声来。

蝎　　子

　　蝎子,字典里有解释,简单地讲,它是爬行动物,喜干燥,尾巴上有毒针。不仅如此,它长得面目狰狞,是不讨人喜欢的。

　　但就有一个人喜欢,他是大地饲料有限公司的总经理亮子。亮子的办公桌上摆放着一个小鱼缸,里面没有水,也没有鱼,却有一坨泥,两块石头,还有两只蝎子。

　　好瘆人啊,亮子的秘书刘丽一进亮子的办公室,就浑身起鸡皮疙瘩。她向亮子建议道,市里新开了家金鱼店,里面的金鱼品种齐全,什么热带鱼、冷水鱼都有,而且长得还都特别漂亮,在水里游来游去,特别养眼。

　　亮子就问,你是想让我在鱼缸里养上金鱼?

　　刘秘书说,有客人来了,看着也舒服。

　　亮子就怒道,你是说现在客人看着不舒服?

　　刘秘书马上噤若寒蝉,不敢吱声。

　　总经理哪儿都好,平时待人和蔼可亲,就是不能让人提蝎子的事儿。这里面怕是有故事的。还真让刘秘书说着了。

　　这天,又有了一批大订单。亮子高兴,一高兴就召集中层领导聚餐。酒过三巡,大家的话就多了起来。

　　亮子问,你们知道我为什么会在办公室养两只蝎子吗?

　　销售科科长段发抢过话头说,那还用说,肯定是总经理想拓展业务,下一步会不会要饲养蝎子?听说,现在蝎子在市场上几

十块钱一斤呢,我上次到北京出差,到王府井小吃街上,一进口就是烧烤蝎子。

财务科科长刘二也附和说,可不是,我也见了,看着吓人,一问价格还挺贵。

亮子红着眼说,不对,不对。

人事科科长王明接过话茬说,现在业务竞争激烈,稍不留意就会落了下风,总经理这是告诉我们要像蝎子一样,能在艰苦的环境上生存,有时候还得下狠心,该出手时就出手。说完,他还站起来比画了一下蝎子蜇人的动作。他把屁股一扭,用胳膊当成蝎子的尾巴向上扬了一下,逗得大家哈哈大笑。

亮子半天没说话,场子上静了下来。许久,亮子才悠悠地说,我对蝎子有特殊的情感。那年我八岁。家里穷,家里唯一的经济来源就是养的几只老母鸡,鸡屁股就是俺家的银行。用鸡蛋换成钱,再到商店里买一些生活必需品。许多人都另寻发财的门路。捉蝎子就是一种活计。蝎子能卖到十几块钱一斤。我们那是山区,山上都是石头,树很少,最适宜蝎子生存。我二哥是捉蝎子的能手,农闲时都要上山捉蝎子,晚上用手电筒到村边的土墙根儿捉,一天一夜有时能捉上两斤多。我那时小,动不动也跟着去捉蝎子。

有一次,我跟着二哥去山上捉蝎子。快中午时口渴了,正好山上有棵柿子树,我看着上面的红灯笼眼馋得很。二哥看到我的馋相,二话不说,就爬上了树。那血红的柿子一般都在险处。二哥就爬上了一根很细的树枝上。就在二哥的手刚要触碰到红柿子的时候,只见那红柿子真得像个红灯笼,从树上掉了下来。二哥一用力,树枝"嘎巴"一声折了,二哥就从几米高的树枝上摔下来,至今腿脚不利索。事后,二哥一直懊悔地说,我不能捉蝎子了,原本想捉蝎子给你交学费,给你买双好鞋的。

说着说着,亮子的泪就要淌下来。在场的人静默了片刻,段科长说,总经理,现在我们的实力也比较雄厚,我知道,您老家那儿还比较落后,二哥也在村子里守着几亩薄田过日子。这样吧,咱不如真的到村子里搞下养殖,带动父老乡亲一起致富。

刘二也说,是啊,这也算报答对你恩重如山的二哥。

亮子投来感激的目光,说,不瞒大伙说,我一直有这个念头,我办公桌上的两只蝎子,也在时刻提醒我,无论如何不能忘本,大家也是,做个有良心的人比什么都重要。

刘秘书说,再有人问起我,总经理为什么养两只可怕的蝎子,我一定把这个故事告诉他。

在场的人都哈哈大笑起来。

救 赎

女人信步来到古塔花园,其时,夕阳如血映照在每个人的脸上,给这里的花草蒙上了一层羞涩。

经过几级台阶,女人来到一座亭子里,放眼四望,花团锦簇,风中的花儿在向她点头问好,让她的心里稍稍好受些。

这时,脚下传来一阵呼唤声,稚声稚气的。

"爸爸,我让你背背我。"这"命令"不容置疑。

女人就探头向下望,发现亭子下面一个男人已经把一位小女孩顶在脖子上,女孩像个调皮的男孩,口中还一个劲儿地喊:"驾!

驾!"男人把自己弓成一头牛,女孩兴奋地满脸通红,手舞足蹈。

男人、女孩和周围的花草构成了一幅天然的游乐嬉戏图。女人的心中涌上一股别样的心绪。

女人生怕惊动这对父女,小心翼翼地往上走,终于来到土山的最顶端。耳边没有了女孩和男人的说话声,女人原有的失落重又升腾起来,笼罩了整个心房。女人两眼直视前方,她在心里告诫自己要像现在这样,把眼光放得长远些。

山顶的亭子比较热闹,这里不时有些小风,给炎夏的人们带来一丝清凉。亭子里坐着的是几位老人,个个摇着小扇子,一派悠闲自得的模样,不时从这些老人那里飘出一阵阵爽朗的笑声。

女人突然很愠怒,这些老人怎能在这里无故发笑。这种没来由的气愤让女人也觉得不可思议,但还是爆发了出来。女人尖细的叫声把亭子上方的小鸟吓得扑棱飞跑了。

女人说:"你们是不是在嘲笑我?"

几位老人呆了呆。其中一位老人还在笑,并且开口对女人说:"姑娘,你有什么伤心事吗?"女人更加恼怒,两眼却像喷了火,不知是不愿回答,还是过于激动说不出话。

"爷爷",这时小女孩不知何时跑上亭子钻到老人的怀里,亲切地呼唤着,男人紧随其后,轻唤了一声:"该走了,爸,有风,身体要紧。"老人紧紧抱了女孩,两眼溢出两行混浊的泪。

旁边的老人见状安慰老人:事情总会过去的,刚才你不是还劝说我们吗?怎么轮到你反倒想不开来。

这时,令人意想不到的一幕发生了,男人一把上前抱紧了从爷爷怀里挣脱掉的女孩,略显沧桑的脸和女孩的脸贴在一起,有泪从男人的眼里流出。

女人目睹了这一幕,心里也酸酸的。女人第一次被一个男人的柔情打动。莫非这家人有什么更伤心的事!

老人抹一把泪对女人说:"你看,我孙女很快就没有妈妈了,她妈妈看不惯我儿子没出息。我儿子甘于平淡的生活,我看不是挺好吗。看着别人住上了别墅,开上了小车,我儿媳妇就有了想法,独自离开了。从此以后,我爷俩就守着这个孙女过日子喽。生活其实很简单,可你们年轻人为啥偏偏想得恁复杂呢?"

这些话句句击中女人的要害。生活其实很简单,人们往往因为自己的欲望把生活复杂化了。刚才男人抱着女孩啜泣的画面定格在她的脑海里,久久挥之不去。

女人打定了主意,她要重新振作起来。她心里始终有着永恒的牵挂:爱自己的男人和一个十分可爱的儿子!

女人走后,老人满意地看着男人,赞赏地说:"还别说,我儿子反应挺快的。"旁边的老人凑过来说:"老胡,这是你挽救的第几个家庭呀?"

原来,老人是法院的一名退休法官,一生最见不得家庭破碎,这会给孩子造成多么大的伤害啊。他就自发地和儿子、孙女自导自演了这出戏。

聊天这种病

那天傍晚,偶尔的搜索让阿慧发现了一个网名叫萍萍的女孩,这让他的心怦然一动,众所周知,谁会用一个真名字在网上瞎逛哟?看来这是个真诚可爱善良的女孩子。他信手把萍萍加为了好友,很快得到了回复。

阿慧为此兴奋不已。

"在吗?"很客气的打招呼拉开了两人聊天的序幕。

对方的确是个真诚的女孩子,没多久就对他讲自己是位高中刚毕业、很快就要上大学的学生。

他试探地问:"你长得漂亮吗?"对方立即说:"那当然,别人都这么说。"

他笑了,好可爱的一位女生!

他没有其他的话题可聊,就把自己的想法和盘托出。说自己打算出本书,想找位读者写几句话。后来,他一想,何不让她写个序言呢。

"嘀"一声,把这个想法发了过去。

对方犹豫了一下,就毫不客气地答应了下来,嘴上说:"我文采不好,我喜欢的是英语,将来希望做翻译。"

直言不讳的话语钻进了他的心底,在网上很少有人能这样对他说话。网络上的人都是穿着马甲把自己隐藏得很深。他断定这是一位超纯洁的女孩子。他有了某种向往,他迫切想了解这个女孩子,不知为什么,有种东西勾起了深埋在他心底里的那种情愫。

他与萍萍聊了很多。他把自己的手机号码也给了她,就是盼着多一个联系的方式。他不断地发些小文章给她看,没有丝毫卖弄的意思,就是想让她看看,听听她或好或坏的评判。他的另一半是从来不看他的文章的,这让他感到很欣慰很满足。

慢慢地,话题就多了起来,也更加宽泛起来。萍萍给他讲了好多家务事,他很耐心地听着,不时地插进去几句话,后来她还讲了她的男朋友。他突然莫名地对那个男生厌恶起来,这么可爱的女孩不应该由他来呵护。这是在吃醋吗？他突然笑了起来。萍萍又对他说，她顶讨厌那个男生了。他乐了，发自内心的喜悦。不知为什么，他心里生出想要亲近女孩的愿望。

这天，他和萍萍聊得忘了时间，整个人都飘起来了。他大着胆子对萍萍说："我一个人在家与寂寞相伴，你能不能给我说点好听的话啊？"

对方可能是愣了一下，随后屏幕上显示出：阿慧，乖哦，要听话，早点睡。

这让他心跳加快，他感觉到了某种幸福的愉悦。

凌晨了，他还没有睡意，心里的愿望越来越迫切，话语也越来越露骨。他像中了毒想和萍萍说话。可终究得有下线的时候，她发过来："晚安，阿慧。"他也发过去："晚安，萍萍。"她又发了一次，他也发了一次，一个接一个，她问："你是不是舍不得我呀？"

他忙不迭地表示同意。"那我再陪陪你。"

他一再要求对方给他说些好听的话。萍萍就把同学们闺房里说的话发了过来。他面红耳赤，但很快活。这个时候，他感觉自己就像是一片久旱的沙漠得到了一滴甘露的滋润。他陶醉其中不可自拔。

突然停电了，他怅怅然地回去睡觉。他躺在床上骂了电业局8888遍。很灵验，又来电了。他迫不及待地打开电脑，萍萍还在。他长吁一口气，给萍萍发过去一个笑话，又开始央求她给他说些好听的话。萍萍显然是累了，点出"欲听好听话，明晚赶早"，就下了线。

他又失魂落魄地躺在了床上。

故事还能继续下去吗？

能。不久以后，萍萍又上线了，她给他讲了一个故事：她说她的儿子整日沉浸在网络里不能自拔,自己不相信网络能有这么大的威力,现在她明白了,孩子入迷全是因为他这种人挑唆的。

他一下子僵在那里,忍不住想,自己给孩子树立了一个什么样的榜样呢?

五十斤小米

每当听到这些声音,他就感到格外兴奋。那声音似天籁,让人难以忘怀。"这是沿村的小米——自己家种的,石碾碾的——"那拖长的声音余韵悠长,他听到后,总是浮现出年少时的情景。

那时,他家也种谷子。谷子熟时,得有人看管。看啥?乡下人叫小虫,其实就是麻雀。这小鸟,繁殖得厉害,它们专门祸害谷子这种庄稼。于是,庄稼人收割前都要进行一场"谷子保卫战"。

有人出死力去地边看守,但会耽误做工。也有人用破布扎一个假人,两根棍子支起来,用布缠绕着,像个人一样矗立在地里,假人也当真人使。一段时间内,小鸟也不敢近身,只远远地叽叽喳喳。可没过多长时间,就发现了端倪,假人也就没了作用,它们就开始大模大样地下来啄食,让庄稼人顾此失彼。因此,谷子也就显得弥足珍贵。

小亮家种着一亩多谷子。每到收获的季节,谷子就成了大家争相抢购的热门东西。一晃眼的工夫,小亮进城工作也十多年了,身边的人都升了科长、局长了,心里就开始不平衡了。他多少总结出一些规律,要想升,得送礼。

送什么好?不像电视里说,送礼就送脑白金。现在时兴的是送绿色食品,比如老家的小米。这可是得天独厚的条件呀。小亮家产小米!

小亮专程回了一趟老家,把自己的事情和盘托出。小亮的父亲七十挂零,听了小亮的话,沉思良久,说,儿啊,你真能更进一步?小亮说,现在城里都兴这个,这个在某种程度上比黄金白银都值钱呢,城里人都稀罕这个。小亮的父亲说,这个我知道,前段时间三鹿奶粉,后来又是地沟油、什么药物韭菜长得比葱都大,这不都坑害你们城里人吗?小亮的脸微微一红,可不是嘛,爹,咱家的这些东西可都是绿色食品,拿到城里都是宝贝。

让我想想。小亮的父亲说。

小亮一直等着父亲开口让他把那五十斤小米带走,等来等去,没了消息。

这天,小亮休息,专门驱车回了趟老家。

见到父亲,小亮问,爹,我把那五十斤小米带走怎么样?小亮的爹幽幽地说,我把小米都给了你表姐,听说她生了小孩,奶不够,吃小米、红枣,大补。

小亮一听,生气地问,她只是表姐,比你亲儿子升职还重要?

哪想到他爹比他还生气,说,那是一条命,比你的破事重要……

父亲的心愿

这天,父亲一回家就坐在床沿上不说话,到吃饭时候,叫他也不应。我走过去,问父亲:碰上啥事了?是不是卖红薯被工商把秤没收了?父亲笑了,说,你想象力怪丰富哩,咱老百姓去卖个红薯,人家会跟咱过不去?相反,今天有个大盖帽还撺掇别人来买咱家的红薯呢。正因为这样,我早早地收了工。

那你怎么了?我妈也关切地跑来问,是不是腿上的毛病犯了?

犯什么犯?成天在城里刨食,不容易得病哩。

那是怎么了?你倒是说话呀。

父亲这才把今天的遭遇说了出来。

原来,今天,父亲确实早早地就卖完了红薯。他推着车子在中心路上转来转去,本打算给家里捎点中用的东西,转着转着就转到了我县的最高学府——一中。一中,原本是文庙,古色古香的,大门两侧还有古人的手迹,一派庄严肃穆。父亲就信步走过去,他没上过学,对学校有种天然的亲近感。当他来到门口,过了状元桥,准备再往里走走时,被门岗拦住了。人家问他是干什么的。父亲实话实说,想进去看看。那人笑着说,这不是风景区,不让看。父亲说,我就只看看门口的那幅书法。那也不行。这是学校,有纪律。父亲生气了,可也无可奈何。只得返回。

父亲说,三儿,你得认真学习,考上一中,我天天去找你。

我说，我努力吧。我深知自己的学习成绩，没有十足的把握，努努力也很勉强。

那不行，你得给我长点志气。

行。我答应后，父亲才满面容光地走到饭桌前吃晚饭。

我到底没考上一中，差五分，只好上了县二中。

后来，也没能考上好大学。只在市里上了个专科，毕业了做教师。好长一段时间，我都发现父亲闷闷不乐，我知道是我没能考上一中，他耿耿于怀呢。

也许是性格使然，我不善交际，也不善运动。有了空闲，我总是"宅"在家或是在办公室看看书。看得多了，竟萌生了写作的念头。没事了就写几句，偶尔写点小说投出去。不承想，几年下来，零零星星发表了几十篇。在小圈子里有了些许名气。单位有什么需要帮忙的，我都要参与。也交了一些志同道合的朋友，有一天，有位朋友把我介绍到一家机关。我的身份猛增起来，机关是县里的重点局委，谁都要高看一眼。

再回到家，父亲总是高高兴兴的，动不动支我妈到小卖部灌点小酒，拉上我一起喝。把村里的事儿讲给我听，也让我讲讲工作上的事儿。看着父亲高兴，我就问母亲怎么回事。

母亲说，你当年没考上一中，也没能上个好大学，你父亲老觉得在村人面前抬不起头来。特别是小民考上一中，上了大学，现在也没找上工作，你运气好，不仅有工作，现在还换了份好工作呢。

原来如此，我是不是终于了却了父亲的心愿了呢？我总是这样想。

搬 家 轶 事

小城拆迁，小亮在城东找了处临时安置的房子，需要搬家。

搬家不是一个人或两个人的事，小亮的老婆早早地就催小亮找人来帮忙。这好办，小亮笑笑说，趁心、红亮、小涛一喊就到，别操心了。说来也是，还没给人家签协议呢。

这两天小亮正跑协议的事儿。拆迁的条件不合适，小亮不愿签，他找了以前的一位同事，现在大小是个官，终于谈妥了条件，可他不敢声张。他住的房子里的住户，前些天一起聚在楼下开了会，一起跟开发商谈，不准单独行动。小亮就悄悄地关注大家的动静。

没承想，一上午的时间，竟签完了。麻利得让人受不了，大家都说，拆迁是好事，小房换大房，旧房换新房，是大好事哩。于是，事情马上就转入了搬迁。

现在是找房子的旺季，房子不好找，原来是一个月200块，现在涨到了300，有的已经是350块，就这样房源少，还很难找。小亮一直托人找，也去看了两处地方，不称心。时间似乎已不允许，楼里的邻居搬家比签协议还快，仅一上午，就搬走十多户，人家都是早就定好房子了的。只是碍于面子，都没吭声，现在协议签了，没顾忌了，一下子就都挪了窝。

小亮的姐姐得知消息，就说，先搬到我家吧，等有什么情况再说。只有这样了，小亮的老婆已经不敢住在这里了，每天都是"嘭嚓"的敲打玻璃的声音，弄得人心里慌慌的。

那就找人搬到姐姐家。小亮先把电话打给同学趁心。趁心先是很热情地问啥事,一听说是搬家,就说:好的,没问题,不过我只能待一个小时,过三点我得回单位。又打电话给红亮,红亮在那头不无遗憾地说,咱县办运动会,我在外面教练员培训呢,过两天行不行?这么急吗?打电话给小涛,小涛说,单位新换了领导,我不能给准信呀,不怕一万,就怕万一,万一去不成咋办?得了,一个"神仙"也请不来。

小亮只好请搬家公司,一打听,人家说三百五。小亮说,低个头儿。那三百,不能低了。行,小亮说,这也好,省事。

人家很快就装满了车,问小亮,新家在哪儿?让小亮引路。小亮只有电动车,汽车等他太麻烦了,又没地方坐。小亮干脆给车主说,到进修学校那儿等我。

车主一听,很高兴,说,你真是通情达理,我给人家搬家,都防着我呢。

小亮跟在车屁股后,一会儿就不见了汽车。他用脚使劲蹬着车,汗水很快就顺着脸颊淌下来。到了进修学校附近,一看表,已过了半个小时。

汽车在哪儿呢?没见汽车,小亮心一凉,怕不会是——他不敢再想下去了。他想起车主那狡黠的眼神来,一车子的物件,怎么都比三百五多呀!

也忘了问车主的电话。他是在楼下临时碰上的搬家公司。小亮这个悔啊,真是没经验。他打电话给老婆,老婆大骂,你真是笨,你怎么就不能跟着车子走,让他们的人下车骑电车。小亮说,你是说让他们把电车骗走?他老婆边骂边笑:你跟着大车呢,他敢把电车骑跑?可不是,真是气傻了。小亮说,急也没用,我再找找。

他钻进了胡同,没有。又拐回来,往后面跑了二里地,也没见。正在他一筹莫展之际，汽车像捉迷藏似的从前面的胡同口钻了出来。那车主探出头问，到底在哪儿呀？我等了你半天，不见你来。我心说去里面问问呗，跑了一大圈也没打听到。

小亮看着胡子拉碴的车主，心说，我怎么也学会拿有色眼镜看人了？

民 工 抓 贼

这是一辆从新乡开往辉县的班车。

小亮已经两天没吃什么东西了，他刚从郑州回来，干活的商场老板亏损严重，没发工钱。小亮强忍着饥肠辘辘的肚子，双脚像踩着棉花，上哪儿弄点吃的呢。

他站在靠后门的扶手旁边，车里的人肩挨肩，拥挤不动，自己像被装进罐头瓶里的鱼。一会儿就挤出一身汗，他身边的人也许嗅出了他身上的异味，有意识地朝一边挪动着。小亮鼻子一酸，有泪花在眼眶里打转转。离他最近的是位穿着干净也挺时尚的小姑娘。小亮不怀好意地想，这么漂亮的姑娘应该坐在宝马车里的。蓦然，他瞅见姑娘白皙的脖子，像雪，更像老婆刚蒸出来的馒头。让他感兴趣的是姑娘脖子上的项链，白得晃眼，这怕是要值不少钱的。小亮想着想着，手就不由自主地向前伸去。

就在他刚伸出手的当口儿，只听有人大声喝道，不许动。他一惊，朝声音看去。就在他的旁边，一位黑脸大汉手中早多了一把匕首，小亮一下明白过来，碰见歹徒抢劫了。他马上发现黑脸大汉的目标与他一样,也是身旁的小姑娘。黑脸大汉把匕首横在了姑娘脖子上,"把钱拿出来。"他大声叫道。姑娘一下子脸色苍白得没了血色,用颤抖的手去斜挎的包里掏钱。那个黑脸大汉也没闲着,伸手就抓住了姑娘脖子上的项链,猛一使劲,项链折断后稳稳地落在了黑脸大汉的手中。

这一幕尽收小亮眼底。小亮不知为什么升腾起一股怨气:我都饿了两天,想偷条项链都不行,你凭什么比我下手早?豁出去了,小亮一把抓住了黑脸大汉的手腕,口中吼道,你想干什么?看着这个衣服破烂、声音沙哑的农民工,那个黑脸大汉明显感到很意外,没想到半路上杀出个程咬金来。手一松,项链掉在地上。这时,司机不失时机停了车,那黑脸大汉知趣地跳下了车。

姑娘感激的眼神扫射过来,小亮竟有种英雄救美的感觉,他把胸脯挺起来,头仰得高高的。那姑娘把项链捡起来,从手包里掏出一张百元钞票递向小亮,小亮摆摆手,没说话。

姑娘迟疑了一下,又从包里拿出一包饼干和一瓶矿泉水,这次小亮没有推辞,接过来大口大口吃了起来。车厢里早响起了热烈的掌声。这掌声让冷漠的小亮重新点燃了生活的勇气。

过了没多久,小亮要到医院去看望工友。他刚坐下,就瞥见站在扶手边的一个年轻人把两根手指头伸进了一位姑娘的背包里。一下,没拿出东西。那位姑娘像是发觉了什么,把背包往前面移了移。两下,还没拿出东西。小亮看在眼里气在心头,你也真是欺人太甚了。小亮"噌"地从座位上弹起来,跑上前抓住了那位年轻人的手,吼,你干什么?

没想到,那位年轻人比他的吼声还大,怎么了,你一个农民工管什么闲事?小亮问,你偷没偷人家小姑娘的东西?年轻人很镇静,他拉过姑娘问,我偷你的东西了吗?你都丢什么东西了?小姑娘摇摇头,说没丢。年轻人笑道,你是不是眼睛有毛病?人家都说没丢东西,你诬陷我偷东西,你要恢复我的名誉!车厢里的人你一言我一语,让小亮给年轻人赔礼道歉。小亮急得脸红脖子粗,最后扔下一句"对不起",下了车。

小亮听得真切,有"明白人"在身后说,农民工素质就是低,也不知道抓贼要有证据?

棋　　子

这天,法院的刘副院长家里来了一位客人,自称是刘院长的二奶奶。其时,刘院长正在柳圈椅里呷着茶闭目养神,一听小保姆慌慌张张地跑进来告诉他,他二奶来了,吓得他把一口茶全都喷在了地板上。刘院长强自镇定下来,训斥小保姆:胡扯啥?谁?别乱说!小保姆赶紧说:是您乡下的二奶奶来了。刘院长横了小保姆一眼,他想起来了。他的这位二奶奶长得五大三粗,说话瓮声瓮气,是个天不怕地不怕的人。虽然这位二奶奶长得粗糙,但心眼好,刘院长还记得小时候让她抱过呢。

二奶奶一进门,破锣般的嗓子就嚷起来:小三,你得给我做主哩。小三是刘院长的乳名。

刘院长见到二奶奶挎了一篮子核桃、蜜枣,又瞅瞅二奶奶愁眉苦脸的样子,急切地问:啥事?

二奶奶一口气就把苦水倒了个干干净净。瞬间,刘院长听明白了。

原来，二奶奶的儿子小林在3月底出了一场车祸，住院治疗了两个月，总算没有落下什么病根，可是欠下一屁股债。哪知祸不单行，小林他爹到山上砍铁锨把儿，一不小心生生地从崖上摔下来，在家里卧床不起。

二奶奶边说边抽泣着，身子一抖一抖的。

刘院长关切地问：你让我帮你啥忙呢？

只见二奶奶柳眉倒竖气咻咻地说：我要告那个肇事的司机，最起码他应该赔我一些医药费吧。我家小林住院的时候，他连看一眼都没有啊！你二爷又在家躺着，你让我咋办？

刘院长点点头：二奶奶，这事咱得从长计议，你再慢慢地说给我听。

刘院长掏出个小本子边记录边想着什么。等二奶奶说完，刘院长额头微蹙了一下，二奶奶看得仔细，怯怯地问：咋？不好办吗？

刘院长迟疑了一下，说：不是不好办，你想咱有理呀，让他赔偿顺理成章，但关键是，我不能插手啊。我一插手，别人会怎么想？本来是件好事，说不定会搞砸的。

那怎么办？二奶奶哭丧着脸，两眼紧盯刘院长，期待着刘院长说出锦囊妙计。

刘院长一拍大腿，说：这么办，你就按正常程序办，你去法院直接找我们院长，我给你使暗劲，两下一结合，事儿就八九不离十了。

二奶奶犹豫了，说出了自己的顾虑：我不认识你们院长，我去行吗？

刘院长哈哈笑了，说：你不知道，我们院长平易近人，况且你二奶奶是见过大世面的人，还怕这个？

想到那些债务,二奶奶只好应允下来。

临走时,刘院长特别交代:我们院长是个黑包公,你啥也不要带,带了反而不好,如果他不见你,你就说你是他二奶。

二奶奶领计去了。到了法院,她就直言自己是院长的二奶奶。第一次,没见着院长,第二次又去,一直到第五次,她才见着院长。没费什么周折,院长就说一定会给她个说法。二奶奶欢天喜地地去了。

这件事发生后,法院就不平静了。院里莫名其妙地风传着,有个女的来找院长了。越传越离谱,更有一种版本,说那天,院长的初恋情人来找院长了,要索赔精神损失费,院长和他的这位初恋情人一直藕断丝连,直到今天才东窗事发了。

有人举报,上头派来调查组,一下子持续调查了几个星期,最后,不了了之,院长被调离了领导岗位。

等二奶奶再一次掂了家乡的土特产来找刘院长以表谢意的时候,刘院长的"副"字已经换成了"代"字。那天,刘院长得意地呷着茶,满怀感激地说了一句令二奶奶感到匪夷所思的话:

我得好好谢谢你呀,我的二奶奶!

送 柿 子

一大早,李大爷就出了门,他提着一个篮子,篮子里是他精心准备的柿子。

李大爷拿的柿子有两种,一种是红柿子,他怕火烘的柿子有烟熏味，就专门到树上摘红柿子，保留着天然的红色和甜味。一种是用水缸"滥"的柿子。用锯末把一个大水缸围起来，点着了，还不能让它燃烧，而是始终保持温度，整整二十四小时后，柿子就去掉了涩味，还保留着原有的颜色。本来这种柿子可以用酒蘸着，用塑料袋子密封起来，两三天后就可以取食。可李大爷怕这种柿子有酒味，就专门守在家里用大水缸来"滥"柿子。并且挑选了五十个好看的柿子和十多个从树上摘下来的红柿子来到了城里。

来城里干啥？他要去县武装部。他从家里坐上城乡快客，直接到城里的十字街口，一下车就问旁边的小摊主。小摊主问：你买臭豆腐吗？李大爷赶紧捂着鼻子走了，心说城里人咋啥都吃，这么臭能吃吗？他又转向另一人摊子，是买串串香的。这个摊主挺客气，衣着朴素，看来也是从农村里出来的。她看着李大爷亲切地问：您有啥事吗？李大爷说：就是想问问武装部在哪儿。那姑娘涨红了脸，摇了摇头。李大爷心说，这地方应该是个大地方呀，咋都不知道呢。

这时，一辆出租车停在他跟前，从里面探出一个头来，脑勺后光光的，只有前面留着头发。他热情地问：大爷，到哪儿？上车，直接拉到地儿。李大爷问，要钱不？那"半头光"说，你说干啥不用花钱？李大爷一时语塞，又问，我就是想找一下武装部。那人说，我知道呀，离这儿老远呢，上车只收你五块钱。

李大爷犹豫片刻，那人催道，大爷，你快点吧，不然我们堵住路，交警罚款一张口就是二百。李大爷只好钻进车里，口中说，五块钱买二十五个烧饼，够自己一个人吃一周呢。"半头光"呵呵笑着，就开动了车。

"半头光"很健谈，就问李大爷去武装部啥事。说现在也不是征兵的时候呀。李大爷看着他，说我找个亲戚。"半头光"笑得更开心了,说肯定是为来年征兵做准备,现在是打基础的,听说现在当兵都得送礼呢。李大爷听他越说越离谱,就把缘由和盘托出。说在夏天,山上发大水,多年不遇的洪水席卷了自己的家乡,把自己的家淹没在水里。自己因为惦记家里的东西,往高处的时候洪水过来了,正在生死攸关的时候,有位战士跑来,背着他就走,一直跑到高处,才把他放下来。可那战士扭头就走了。他这次来就是想看看自己的救命恩人。半头光就问,你记不记得他长啥样?记不清了。李大爷答。那你知不知道他叫啥?我听见他的同伴叫他,名字里好像带个"强"字。哦。"半头光"不吭声了,突然把车拐了回来,说大爷,咱走个近路。一愣神的工夫,就到了。李大爷下了车,从里兜里掏钱。还没把钱拿出来,出租车就扬长而去。钱!钱!李大爷边喊边招手,车很快消失得无影无踪。

走进大院,就碰上一老者,他问清李大爷来的缘由,就热情把他让进屋,说战士们都有事出去了,他一定会把柿子送给那个叫强的战士。李大爷虽说有些遗憾,但还是很高兴地离开了。

其实,李大爷找的那个人叫杨强,就在那次抗洪救灾中被倒塌的墙压住,抢救无效去世了。他的事迹上了报纸,城里的人都知道!

表　　哥

表哥今年三十五了,可看上去却有五十三岁。

表哥姓宋,家里的负担很重。父亲走了(我们把死了隐讳地叫走),母亲身体不好,又招来个男的。生了个男孩,在男孩十三岁时,继父得了胃癌也走了,表哥没有嫌弃这位弟弟,一直供他上完高中,没考上大学,到县城打工。

弟弟很快到了二十岁,到了谈婚论嫁的年龄。谈了个女朋友,人家说最起码的条件,得县城有房。表哥家地处深山,几乎没有任何经济来源,上哪儿去付那十多万元。眼前弟弟的婚事要泡汤,表哥咬了咬牙说,咱借吧,想法让你度过这一关。弟弟眼里噙了泪。

表哥借了有二十多家,还托了一位有权势的亲戚,好不容易在县城买了一个七十多平方米的房子,好歹也算有房子了。总算把弟弟的婚事敲定了。

表哥因此欠债十万元。

我说,马不吃夜草不肥,人不得外财不富。你得想法弄笔外财,否则这辈子别想翻身了。

表哥的神情更加忧郁了。可得外财的机会竟也悄悄来临。

许多年前,我在地摊上买了一只瓶子,当初只图上面的花纹好看,就买下来。后来,去表哥家做客,表哥也看挺漂亮,我就大方地说,给你了,我回去后再找找,说不定还能买上。

现在的文物热也烧到了表哥家。他在电视里见到市里组织现场鉴宝了。他从厕所的仓库里倒腾出那只瓶子来。看上去古色古香的,别是个什么文物吧?这样想着,他在一次往市里送煤的时候,就把这只瓶子带上了。

到了鉴定现场,表哥把瓶子送到几位专家面前。那位有胡须的专家看看瓶子,再看看表哥;看过表哥,又看瓶子。把表哥看得心里直发毛。最后,专家握紧了表哥的手,说,你是给咱市增光了,这不是一只普通的瓶子,是北宋的,说白了,是文物,价值不菲,我还不好说价,起码值八万。专家比画了一个"八"字。

表哥嘴巴张得大大的,足足保持了两分钟。那这可怎么办呀?有记者当场采访起表哥来,表哥的脸涨得通红,两手不知往哪儿搁,一会儿拍拍大脚,一会儿支着下巴,唧唧哝哝,话都说不利索了。最后,一句话也没说出来,围观的人都哈哈大笑起来。

表哥掏出手机给我打电话,小慧,你忘没忘你当初留在我家里的瓶子。瓶子?什么瓶子?我愣住了,一个瓶子也值得大惊小怪?我想。

表哥结结巴巴地说,那是个文物,你发了!我发了?我到底没弄懂表哥的意思,也没了关于瓶子的任何记忆。

那送你吧。我说。

那不行,表哥说,是你的就是你的,我送完煤给你送过去。

说完就挂了电话。

瓶子?我曾经送给表哥一个文物?那不是正好帮你一个忙吗?

我想起报纸上说的那些事,中彩票后六亲不认、夫妻反目的事情,心里一下泛起无限的温暖来。

这个实诚的表哥哟!